AF392595

* 9 789778 972955 *

الموت ديليفيري

د. محمود لطفي

اسم الكتـاب : المــوت دليفيـري

التـأليـف : د. محمـد لطفـي

نوع العمـل : مجموعـة قصصيـة

تدقيـق لغـوي : تامـر عبد الحليـم

إخـراج الكتــاب : أسامـة أحمـد خوجلـي

الطبعـة الأولـى : 2024/2023

رقـم الإيـداع : 2023/29731

الترقيـم الدولـي : 978-977-8972-95-5

النــاشـر : المصرية السودانية الإماراتية

Facebook : الدار المصرية السودانية الإماراتية

Email : mahaelmukdad@gmail.com

TEL : 00 20 128 9024 05

مجموعة قصصية

الموت ديليفيري

د. محمود لطفي

المصرية السودانية الإماراتية
للنشر والتوزيع

كل أرواح شهداء غزة الطاهرة التي قُتِلت غدرًا

الإهداء

إلى مــن لــم يخذلنــي أبــدًا

إلى مــن انهكـه فيطــاوعني

إلى مــن الجأ له في شجاعتي وجبني

إلى قلمـي دامت صداقتنا أبديّــة

الكاتب محمود لطفي

القصة الأولى

<u>"الموت ديليفيري"</u>

(أنْ تموت في معركةٍ ، أفضل مِنْ أنْ تعيش عمرُكَ بأكمله هاربًا منها)

تنهّد ذلك الرجل الستيني تنهيدة تمهيدة ارتياح قبل النظر في ساعة يده الإلكترونيّة ؛ ليجدَها تشير نحو السادسة مساءً ، وبحركةٍ بدث ، وكأنّها تلقائية.

ألقى النظر عبر منظاره او تليسكوبه المُعلَّق في الدور العلوي مِن بنايته ، قبل أنْ يعاود التنهُّد ، ولكنَّ هذه المرة بدث ، وكأنّها تنهيدة قوية ، وزفرة حارة ، كأنّها أنفاس حَمم بركان ؛ فالفضاءُ المترامي أمامه كان ، ولا يزالُ هو الشيء الوحيد الذي استعصى عليه امتلاكه ؛ فـ " فايز الغندور" وأمثاله امتلكوا كُلَّ ما يمكنُ لبشرٍ ، تملكُهُ في بلادٍ كبلادنا لم يمتلكوا لأرض فقط ، بل امتلكوا العرض.

نعم، لا تتعجَّب.

فَمِنْ ذا الذي يمانعُ مِنْ علاقة لأمه ، أو زوجته ، أو شقيقته ، أو إحدى بناته مع أمثال "فايز الغندور"؟

وإن تشجَّع ، وتحرَّكتْ عنده نطفة النخوة ، أو مضغة الرجولة ، أو بقايا الضمير؛ فالنهايةُ معروفة ومُكرَّرة ، إمَّا أن يُلْقي في أشدِّ المعتقلات حراسة وظلمة ، أو يتم إلقاؤهُ للضواري ، أو في حوض الأحماض ؛ لتتلاشي جزيئاته ، وتذوبَ في بضع دقائق ، وقد تُحْذَفُ أوراقُهُ مِن الدنيا، وكأنَّهُ لم يعشْ على سطح الأرض أبدًا.

نعم ، ازدادت الفجوةُ تدريجيًا بين الأغنياء الذين تحوَّلُوا بدورهم لثراءٍ فاحشٍ ، وبين الفقراء الذين ازدادُوا فقرًا ، وبؤسًا ، وتشريدًا ، وبين هذا وذاك يُقَالُ : أنَّ هناك طبقة كانتْ تُسمَّى "الطبقة المتوسطة" طُحِنت تدريجيًا ؛ فتقلصتْ حبيباتها ، وفجأةً اندثرتْ ، وانتهتْ مِن الحياة كنتيجة طبيعيّة لتقلبّاتٍ سياسيّةٍ ، وثورات ، وأشباه ثورات ، وحركات تحرُّريّة ، ما أنْ يجذب أحد فتيلها في أمل الوصول بالبلاد للأفضل ؛ حتى تنفجّر قنبلتها بوجهِهِ ؛ لتزيدَ مِنْ

دماثة حياته، وتضفي عليه ملامح مسخ مقيت نازعة منه بقايا إنسانيته ، والتي طُمِسَت مع أمله في تغيير أحواله.

ومِنْ هنا كانتْ نقطة الانطلاق لأمثال " فايز الغندور؛ للوصول للقمم، بينما الجانب الآخر مِن المجتمع يدخلُ في ماراثون الهروب مِن الجوع والفقر، ومحاولة البحث عن لقمة العيش الباقية مِن الأثرياء ؛ لعلَّها تسدُّ جوع بطونهم الفارغة ، ولو لسويعات قليلة.

وهكذا تمدَّد "فايز الغندور" فوق سريره بغرفة نومه ، يفكِّر في الساعة الباقية مِنْ حياته ؛ فاليومَ هو: (2040/6/6)، أي يكملُ "فايز الغندور" عامه السِّتينَ ، وقرَّر أنْ يصبح عامه الأخير، بل يومه الأخير، بل ساعته الأخيرة.

نعم، راودتْهُ فكرة الانتحار، ولكنَّها لم تعد فكرة عمليَّة ، ولا تليقُ برجلٍ مِنْ علية القوم مثله، أنْ يرحل تاركًا إرثًا مِن المشاكل والأقاويل تطاردُ زوجته وابنتيه ، ورغم كراهيته لهم، ومعاملته الجافة لزوجته وابنتيه ، إلَّا أنَّ ذلك لم يثنيه عن الحفاظ على سمعتهم، ووضعهم الاجتماعي أمام الأهل ، والمعارف ، والأصدقاء ثُمَّ إنَّهُ لا يريدُ أنْ يموت كافرًا ؛ فالمُنتحِرُ كافرٌ هكذا سمعَهم يقولون ، وثَمَّة شيئًا آخر ، هو: عدم قناعته بفكرة الانتحار في حدِّ ذاتها ، وعدم تماشيها وملاءمتها لرَجُلٍ في مثل عمره.

امتلك كُلَّ شيء: المال ، والذرية ، القصوروالیخوت ، سافر   إلى كُلِّ بلدان العَالَم بأسرِهِ ، عاشرَ مختلف أنواع النساء ، لَعِبَ بأرقى الموائد الخضراء ، احتسى أرقى أنواع الخمور ، ارتدى الحرير، نام على ريش النعام ، أَكَلَ لَحْم الغزال ، توَّج وكلَّل نجاح شركاته بالتعاون مع اليهود ، وامتدَّتْ إمبراطوريتُهُ ؛ لتشملَ عدة دول عربيَّة وإقليميَّة.

كُلُّ هذه الذكريات دارثْ برأسه ، وهو في انتظار قاتله المأجور ؛ فلقد أصبح الموت سلعة يمتلكُها الأثرياء ؛ فيمكنُكَ أنْ تتخلَّص مِنْ حياتك بمكالمة أو تواصل عبر الإنترنت مع أحد مكاتب الموت ديليفيري، حينَ تحدِّدُ اليوم والساعة المُناسبينِ لكَ ، وكذلك الطريقة التي يتمُّ بها القتل ، والقاتل إذا أحببتَ ، وكُلُّهُ بحسابه مدفوع الأجر مُقدَّمًا!!

ونشأتْ تلك المكاتب على مرأى ومسمع مِن الحكومةِ ، والتي منحتْها التراخيص في مقابل تحصيل ضرائب ؛ فلم يعدْ أحدٌ يهتمُّ بالتشريعات ، والحرام ، والحلال ثُمَّ مَنْ يقفُ في طريق أصحاب مثل تلك المكاتب ، وهُمْ مِنْ عينة "فايز الغندور"؟، ومَنْ يقفُ في وجه مُستهلِكي السلعة، وهُمْ أيضًا مِنْ نفس العينة ؟

طرد "فايز الغندور" تلك الهلاوس مِنْ رأسه وتفكيره ، ولم يعدْ أمامَهُ إلَّا أقلَّ مِنْ ساعةٍ ، ويفارقُ الدنيا بإرادتِهِ ، وعلى يدِ قاتلٍ مِن اختيارِهِ!!

ولكنَّهُ مِنْ هواة الإثارة والمتعة ، وضخ كميات مِنْ "أدرينالينه" ؛ لذا تركَ طريقة القتل غير مُحدَّدة ؛ لعلَّ القاتل يشبع لحظاته الأخيرة ببعض المتعة والإثارة ، كبائع المطاعم حينَ يكرمُ زبائنه الدائمينَ بالمزيد مِن السَّلطات، والمزَّات ، وفواتح الشهية؛ فبدونِها يُصنَّف الأكل أكلًا عاديًا ، وبها يصبح أكلًا لذيذًا مُستسَاغًا لأقصى حدّ.

وعلى الجانب الآخر انطلق "علي عمران" بسيارة مكتب "الموت ديليفيري" نحو فيلا "فايز الغندور" مُحمَّلًا بأطنانٍ مِن الأسئلة المتراكمة ، والتي تكادُ تصيبُه بالجنون.

"علي" الذي تخرَّج في كلية الهندسة ، ويعملُ الآن قاتلًا!!

ولكن إحقاقًا للحقِّ ، صارتْ مهنةُ توفِّرُ حياة كريمة ، لو افترضنا أنَّ بقايا مستلزمات الأثرياء هي الحياة الكريمة لـ "علي" وأمثاله.

11

وعلى أية حال يتذكَّرُ "علي" دائمًا، كيف قُتِلَ شقيقُهُ على يد رجال حراسة أحد رجال الأعمال، حينما قاد حركةً بالمصنع الذي كان يعملُ به ؛ مِنْ أجل المطالبة بحقوقهم المنهوبة ، وأيضا كيف مات والدُهُ رميًا بالرصاص أثناء إحدى ثورات التحرُّر ، والتي يقودُها أمثالهم في محاولة لتحسين الأوضاع ، وإعادة الأمور لنصابها الطبيعي، لكن دون جدوى ؛ فدائمًا ما تزداد الخسائر، وتزدادُ وحشية وحِيطة الأجهزة الأمنيَّة ، وبطشُها ، ويزدادُ ثراء رجال الأعمال وحاشيتهم، بينما يزداد الآخرُون فقرًا وبؤسًا ، وتضيقُ بهم الأرض بما رحبتْ.

وفي نهاية الأمر يصعدُ أمثال "فايز الغندور" لِقِمَّةِ الجبل ، بينما لا يزالُ "علي" ورفاقه في سفح الجبل يلملمُون بقايا ومخلفات الأثرياء في محاولتهم اليائسة ؛ لإعادة تدوير مخلفات الحياة وإعادة تشكيلها مرة أخرى!!

وفجأة انزعج "علي" ، حينما قطعتْ طريق "علي" سيارة أخرى ، وأصبحت السيارتانِ متقابلتينِ بالرأس ، ولم تكن إلَّا إحدى السيارات التابعة لمكتب "الموت ديليفيري" ، ويخرجُ منها "عامر" الصديق المُقرَّب لـ "علي" ، والذي تركَ بدوره كلية "الصيدلة" ؛ ليصبحَ قاتلًا مُحترفًا هو الآخر ، ومات والدُهُ أيضًا أثناء مشاركته بالثورة الأخيرة ؛ ليجدَ نفسَهُ مسئولًا عن أسرةٍ، يضطرُ للعمل مِنْ أجلها في تلك المهنة المقيتة.

بادر "علي" بسؤال "عامر" :

- " ما الخطبُ ، هل تبعني ؟".

أومأ برأسه قائلًا :

-"ليتني كنتُ أنا!!".

واستطرد :

-"المايسترو شاكك فيك".

ردَّ "علي" :

-" وما الجديدُ ؟".

"عامر":

"الجديدُ: أنَّهُ قرَّر التخلُّص مِنْكَ ، بعد أنْ تقوم بالعملية".

ضحك "علي" ضحكة ساخرة، قبل أنْ يقول:

-"طَلَبَ مِنْكَ أنْ تقتلني".

ثُمَّ صاح "علي" في (عامر):

-"هيَّا، ماذا تنتظرُ ؟".

وأعادها مرة أخرى :

-"هيَّا!!".

أمسك "عامر" يد "علي" ، وربت على كتفه قائلًا :

-"صدِّقني يا "علي" ، طَلَبَ مني مراقبتكَ دون الباقينَ، ولا يعني إلَّا أنَّهُ غير مُقتنِع بالمشاجرة التي حدثتْ بيننا ، بل الأدهى أن يكون على عِلمٍ بباقي خطتكَ".

نظر "علي" نحو "عامر" قائلًا :

-"وهو المطلوب إثباته يا "عامر".

وأكمل حديثَهُ:

-"أنْ تموتَ في معركةٍ ، أفضلُ مِنْ أنْ تعيش عمرُكَ بأكملِهِ هاربًا منها".

ثُمَّ تشاجرا، وتشابكا بالأيدي ، ودفع كلُّ منها الآخر بشدة ، وأخرج "علي" سلاحه ، وأطلق منه رصاصةً نحو "عامر" ؛ ليتفاداها الأخير ؛ إكمالًا منها للمشاجرة المزعومة ؛ حتى يتمَّ الشوشرة على مَنْ يُكلَّف بمراقبتهم - إن وُجِدَ-.

ثُمَّ استقلَّ "علي" سيارته مُسرِعًا نحو فيلا "الغندور"، وفي إثره "عامر" بالسيارة الأخرى ، وبدا المشهدُ بينها ، وكأنَّهُ مطاردة سيارات ، واستمرَّ لمدة ربع ساعةٍ ، وحينَ دقَّتْ عقارب الساعة السابعة إلَّا عشر دقائق كان "علي" واقفًا بسيارة المكتب في حديقة الفيلا الخالية إلَّا مِنْ مالكِها "فايز الغندور" ؛ فلا أثر لحراسةٍ ، ولا خدمٍ ، وكأنَّ كلَّ شيء أُعِدَّ بدقَّةٍ مِنْ شخصٍ اعتاد وضع الخطط التجاريَّة والماليَّة ، وهو الآن يُعِدُّ خطة وفاته ، وبمنتَهَى الدِّقَّة يرفض أنْ يترك الحياة بشكلٍ طبيعي ؛ ويريدُ أنْ يتركَها كما يشاء، وقتما يشاء ، وكيفما يشاء ، ناسيًا أنَّ هناك الله ، وأنَّهُ هو وحدَهُ مَنْ يحيي ويميت ، وأنَّ لكلِّ أجلٍ كِتابًا .

دلف "علي" عبر الأبواب المتتالية والمتروكة على مصراعيها ؛ ليجدَ نفسَهُ داخل بهو فسيح ، تملأ أركانه أعمدة الرخام الإيطالي الفاخر ثُمَّ صالة واسعة تطلُّ على الحديقة وحمّام السباحة. نظر "علي" متهكمًا ، وهو يتجوَّلُ داخل الفيلا أو القصر - إنْ صحَّ التعبير- يتحرَّكُ باحثًا عنه: عن طالب السلعة ، عن شاري الموت ، عن أحدٍ مِمَّن امتلكوا كلَّ شيء ، حتى صارت الحياة النسبة لهم كملهى ليلي أو مُتنزِّه يدخل ويخرج منها بإرادته ، طالما امتلك المال ، ودفع منه؛

ليصبحَ الجميع رهن إشارته ، حتى ، وإن طال الأمر، أن يطلب موتَهُ بنفسِهِ ، وفي اللحظة التي يريدُها هو بنفسِهِ!!

أي عبثٍ هذا !!

أية مخالفةٍ في حقِّ خالق الكون وبارئه !!

هل هؤلاء هُمْ مَن استخلفَهم الله عزَّ وجلَّ في الأرض ، أم أنَّ تلك الفئة أمثال "فايز الغندور" هُمْ أبالسة في هيئة بشر ؟!

وقد احتلُّوا الأرض ، حينما أضحى البشر أمثالنا مُتكاسلينَ في عباداتهم ، قاطعينَ لأرحامِهم ، حاملينَ فوق رؤوسنا مشاكل الدار الدنيا ، ناسينَ أنَّ الآخرة خير وأبقى.

فحينما زاد العلم وتطبيقاته ، ظنَّ الإنسان أنَّهُ سيحيا بلا نهاية ، وكأنَّ الدنيا أضحتْ فجأةً آخرة؛ ومِنْ هنا كانت الشرارة الأولى لمصائب بَني البشر: قتل ، وعنف ، وسرقة ، ونهب ، وسطو، واغتصاب!!

وفي بلادٍ كبلادِنا حدِّث ولا حرج ؛ فإنَّ معدلات الجريمة تتعالى رغم القبضة الأمنيَّة ؛ ففي عام (2040) تقريبًا ، لم يعدْ هناك حاجة لوجود أقسام للشرطة في جميع أنحاء البلاد ، بل انحصرتْ في الأحياء الراقية ، خاصَّةً بعد هروب معظم أمثال "فايز" بأموال الشعب خارج البلاد.

زفَرَ "علي" زفرة حارة ؛ فقد مرَّتْ ربع ساعةٍ تقريبًا مِن البحث دون جدوى ؛ فلم يجدْ أثرًا لـ "فايز" في جميع الغرف التي بَحَثَ فيها.

جسدُهُ لا يتوقَّفُ عن ضخِّ "الأدرينالين" ؛ فهى المرة الأولى له ، بل أعتقدُ في التاريخ التي يحاول فيها القاتل أنْ يوقف عملية القتل ، أنْ يمنع القتيل مِن التلذُّذ بالموت وشرائه، كباقي سلعهم ، ليس حُبًّا فيه ، ولكنَّ كرهًا في هؤلاء الأثرياء الذين حوَّلُوا دفتَهُ مِنْ مهندسٍ لقاتلٍ ، ومِنْ إنسانٍ يُعمِّرُ ، لإنسانٍ يُدمِّرُ ، مِنْ إنسانٍ نُخورٍ بإنسانيته ، لآخرٍ يمقتُ وجودَهُ بالحياة مِن الأصل.

فكيف له أنْ يكون سَوِيًّا، وقد قُتِلَ والدُهُ وشقيقُهُ بدم بارد ؟!

ولم يُحرِّك ذلك ساكنًا حتى ملاليم التعويضات لم تعدْ تُدفَعْ ؟!

كيف ينسى أنَّهُ لا يحملُ في داخله إلَّا الكره والبغضاء لكُلِّ مَنْ هُمْ على شاكلة "فايز" ؟!

يحاول "علي" طرد أية هواجس مِنْ رأسه ، وهو يواصلُ رحلة البحث عن "فايز" ؛ فيتحرَّك مِنْ غرفة لأخرى ، ومِنْ طابقٍ لطابقٍ ، ينهي الطابق الأرضي، ويعيدُهُ أكثر مِن مرة دون جدوى ؟! يصعدُ للطابق العلوي ، يقلبُهُ رأسًا على عقبٍ ، حتى دورات مياهه دون جدوى أيضًا ؟!

يحاولُ إراحة جسده للحظاتٍ ؛ فيستلقي على الأريكة ، أنفاسُهُ تتتابع، تتلاحق ، وكأنَّها عداءَو المسابقات الأوليمبيَّة في مسابقة "المسافات الطويلة" ، عقلُهُ يكاد يُجَنُّ مِنْ كثرة الأسئلة. "المايسترو" يتصلُ عليه أكثر مِنْ مرة ؛ فلا يجيب ، ولا يشغلُ بالَهُ سِوى هدف واحد منشود: صاحب هذا القصر "فايز الغندور"، فهل تغيَّر رأيهُ فجأة؟

هل اكتشفَ أنَّ هناك أرضًا لم يشترِها؟

أم أنَّ هناك سلعة لم يحتكرْها بعدُ؟

هل هناك امرأة لم يضاجعْها؟

وصرخ "علي" بصوت مسموع ناظرًا لأعلى قائلًا :

"أم ماذا ؟؟".

تردَّد صدى صوته بداخله فقط ؛ فالقصرُ مُبطَّنُ بعوازل صوتيَّة.

أم أنَّ الأمر كُلَّهُ خدعة ، وأنَّ خطتَهُ قد انكشفت كما حذَّرَهُ "عامر"؟

وفجأةً ، وكأنَّهُ صُعِقَ بتذكُّر "عامر" ، حينما بدأ يشعرُ أنَّ ثمة شيئًا ما مريب ، اضطرب عقلُهُ، فهل يهربُ ؟

ثُمَّ إلى أين يهربُ ؟ ، ولماذا؟

هُوَ لا يمثِّلُ إلَّا صفرًا على شمال أرقام الحياة ، فمَنْ يعبأُ بموته مِنْ عدمه ؟!

هو فقط أراد أن يعطي ذلك المُتغطرِّس درسًا في عدم قدرته على امتلاك كُلِّ شيء ، خاصَّةً ، وإنَّهُ كان هو صنايعي تلك المِهْنة التي وقع عليه الاختيار "صنايعي الموت".

مَرَّت أكثر مِنْ ساعتينِ ، ولا يزالُ "علي" في عذابه ثُمَّ أخذَ القرار؛ وأخرج تلك الشاشة الشفافة، وطلبَ "عامر" أكثر مِنْ مَرَّةٍ ؛ فلم يجبْ "عامر" على اتصاله ؛ ساورَهُ القلق أكثر؛ وبدأ يتسرَّبُ لخلاياه وثنايا عقله ، وفجأةً تردَّد صوت "فايز" في أرجاء المكان قائلًا :

- "أيُّها الضيف الثقيل أمامكَ شيء يشبهُ المصعد، استقلَّهُ ؛ ولا تتردَّدْ ، أنتَ تعلمُ أنَّهُ لا مَفَرَّ".

وكررها بصوتٍ حازمٍ ، وصرخَ فيه :

- "هيَّا!!!!".

تلعثم "علي" ، وابتلع ريقَهُ مِنْ هول المفاجأة ، ثُمَّ سرعان ما تذكّر أنَّ ما يردِّدُهُ ، لابُدَّ أنْ يعمل به ؛ فهو صاحبُ مقولة "أنْ تموتَ في معركةٍ ، أفضلُ مِنْ أنْ تعيش عمرَك بأكملِهِ هاربًا منها".

ها هي المعركة تفتح ذراعيها ، وليس مطلوبًا منه إلّا أنْ يلقي نفسَهُ بأحضانِها!!

بخطوات حذرة تحرَّك "علي" نحو ذلك المصعد ، واستقلَّهُ ؛ لينزلَ به تلقائيا لأسفل ، ودونَ أنْ يضغط على أزرارٍ ، وكأنَّهُ مُبرمَج تلقائي.

نصفُ دقيقةٍ ، ووجدَ "علي" نفسَهُ وجهًا لوجهٍ أمام "فايز الغندور" دون حواجز أو حراسات ، كما اعتاد أمثال هؤلاء ، وللغرابة فقد ابتسم "فايز" في وجه "علي" ، ولكنَّها ابتسامة تحمل نظرة سخرية المُنتصِر مِنْ غريمه ، بل ، وصافَحَهُ بحرارةٍ ، وربت على كتفه ، واصطحبَهُ مِنْ يدِهِ ، ودلفَا عبر بوابة إلكترونيَّة تُفْتَحُ ببصمة أصابع "فايز" ؛ ليجدَ "علي" نفسَهُ واقفًا فيما يشبهُ الملهى الليلي: خمور، وموائد ، وماكينات قمار، موسيقى صاخبة تصمُّ الآذان ، حسناوات مُتعدِّدي الجنسيات ، طقوس كطقوس عَبَدِة الشيطان ، وتهنئة خاصة بعيد ميلاد "فايز الغندور" تزيِّنُ كُلَّ شيء ، وكُتِبتْ على الجدران ، عُلِّقَتْ على كاسات الخمور، وتلألأتْ بها الأنوار، الجميعُ في حالة هياج وصخب ، وكأنَّهم حتى الجالسينَ منهم بمقاعدهم عرائس تتحرَّكُ بفعل الموسيقى الصارخة!!

كم تمنَّى "علي" في تلك اللحظة أنْ يعرف مصير "عامر": هل خانَهُ ، أم خذلَهُ وهربَ ، أم فتكَ رِجَالُ "فايز" به ؟!

وكان القدرُ استجاب لـ "علي" فجأةً ، توقَّفت الموسيقى الصاخبة ، وتردَّد صوت "فايز" في المكان داعيًا الجميع للانتباه ، وتركَ ما يقومُون به ؛ مِنْ أجل الإنصات لحديثه ، وبدأ ، وكأنَّهُ حاكُمٌ يحدِّث رعاياهُ :

"جميعُكم نزلاءٌ مُكرَّرُون وضيوف تقليديُّون لحفل عيد ميلادي وحفلات أخرى ؛ لذا فلن أشكرَكم هذه المَرَّة ، بل سأوجِّهُ شكري وامتناني لهذا الشاب، وأشار نحوي قائلًا :

"علي" أو الباشمهندس "علي" .. قاتل مُحترِف على أعلى طراز، ويعملُ بأشهرِ مكاتب "الموت ديليفيري"؛ فوجَّهَ الجميع وجوههم نحوي بحركة غريزيَّة ، يعملُ عندي ، يعلمُ!! ، ولا يعلمُ أنِّي المالك الحقيقي لمكتب عمله.

فتح "علي" فاهُ مِن المفاجأة.

استطرد "فايز":

-"كنتُ أظنُّهُ أذكى مِنْ هذا ، ولكنْ معذور؛ فالغيرةُ مِنْ أمثالنا سُمٌّ زعاف تجعلُهُ يحرِّكُ رغبته في الانتقام أكثر مِمَّا يحرِّكُ ذراعيه وقدميه".

يشوشرُ على إشارات عقولهم ؛ فيفقدهم الصواب ؛ ويصيروا كالمرآة التي لا تعكسُ إلَّا صور أعدائهم.

ونظر نحو "علي" ، وهو يصرخ بلغته الحادة :

-"وهكذا يصل بكم الأمر لطريق مسدود يزيدُ مِن ابتلائكم وبؤسكم بؤسا".

وأكمل حديثه قائلاً :

-"أي أنتم مَنْ تصنعون الأزمات بأيديكم ، تحبُّون دور الضحية".

وتعالتْ ضحكاتُهُ ، وهو يكملُ :

-"ونحنُ أيضا نحبُّ دور الجلَّاد!!".

وضجَّت الصالة بالتصفيق ، ولم تتوقَّف إلَّا بإشارةٍ مِنْ أيدي "فايز".

صمتُ قبورٍ ساد المكان ، لم يقطعْهُ إلَّا همهات دقيقة مِنْ بعض الحاضرينَ ، وما لبث أنْ أكمل حديثه مشيرًا نحو "علي" :

-"كالعادةِ أنتم الخاسرُون ، حمقى مُتسرِّعُون ، لا تفيقُوا في اللحظات المناسبة ، دائمًا بعدَ فوات الأوان ، وصاح :

-" دائمًا!!!!".

ينظرُ في وجه "علي" في تلالٍ من السخرية ، ويقولُ :

-"قبلَ إسدالِ الستار على مسرحيتكَ السمجة ، سأجعلُكَ ترى الموت ضيفًا، وحبيبًا ، وأخًا ، وصديقًا ثُمَّ حرَّك يديه معطيًا إشارة لأحد رجاله ، والذي نزعَ ستارًا عن ذلك القفص ؛ ليجدَ "علي" صديقه "عامر" مُكبَّلًا فيه ، وهيئتُهُ تبدو مغشيًا عليه ، وبجواره كانتْ زوجة "فايز" وابنتيه ، فصرخ "علي" في وجه "فايز" :

-"ماذا فعلتَ بهم أيها المُتغطرِّس ؟!".

وصاحَ بجنونٍ :

-"هل قتلتَهم ؟!".

وما إن اقترب "علي" مِنْ "فايز"، حتى حاصرَهُ رِجَالُ "فايز"، وكبّلوهُ ، وشلُّوا حركته تمامًا، وكاد أحدُهم أن يتهوَّر ويقتلَهُ، لكنَّ إشارة سريعة مِنْ "فايز" منعتْهُ، ووبَّخَهُ "فايز" قائلًا :

-"أحمق ، أتريدُهُ أنْ ينعم بالهدوء والسكينة!!".

وصرخ في الرَّجُلِ :

-"ستنالُ عقابكَ، أنتَ هنا مُنفِّذ للأوامر فقط!!".

اندفع "علي" نحو القفص باكيًا ؛ فهو لا يعلمُ أي مصير تعرَّض له "عامر"؟ ، وأي عذابٍ تحمَّلُه ؟ وهنا بدأ المُتواجِدُون يجلسُون جميعًا ، وكأنَّهم جمهورُ عرض مسرحي يتابعون "علي" ، الذي يقومُ بدورِهِ فوق خشبة المسرح ، ووسط بكاء على صديقه.

بينما "فايز" اليوم ، ومع عيد ميلاده تُوِّجَ كرئيسٍ للحزب الحاكم ، واستكمالًا لمسلسل الديمقراطية المُزيَّف للتجارة مع الغرب.

ووسط عويل وبكاء "علي" يقتربُ منه "فايز" ، ويركلُهُ قائلًا :

-"ما زلتَ مُقتنعُ بنظرية المعركة ومواجهتها".

واستكمل قائلًا :

-" ما زلتَ لديكَ أملًا أنتَ وأمثالكَ فيما تُسمُّونَهُ الثورات والحركات الإصلاحية ... إلخ ؟".

وفجأةً يتخلَّى الجميع عن "فايز" ، وكأنَّ إشارةً ما جاءتْهم ، ويتمُّ إخراج الجميع مِن القاعة ، وتصبحُ شبهَ خاليةٍ إلَّا مِنْ "علي" ، و"فايز" ، و"عامر" المُكبَّل في القفص.

ينظرُ "فايز" خلفه مُتعجِّبًا!!

لا يفهمُ ما يدورُ ويصيحُ :

-"لم آمركم أنْ ترحلوا؛ فكيف...؟".

يقطع حديثه رؤيته هؤلاء المُدجَّجينَ بالأسلحة ومرتدي الأقنعة ، وهُمْ يفرغُون القاعة ، ويستسلمُ لهم الجميع ، حتى رجال حراسة "فايز" لم يُظهروا أي نوع من المقاومة ، وكأنَّهم أصابهم الملل مِنْ دور كلاب الحراسة ؟!!

ووقع الأمرُ كالصاعقة على "فايز" ، والذي صرخَ بدورِهِ ، وهو يردِّدُ:

-"كُلُّكم أنذال!!".

وتهلَّلتْ أساريره للحظةٍ ، حينما رأى زوجته بصحبة ابنتيه يدلفُون للمكان ، قبلَ أَنْ تنظر زوجته نحوه قائلة :

-"انتهى كُلُّ شيء يا "فايز" ، الثُّوارُ بالخارج يقومُون بثورة تصحيح وتطهير بجميع أنحاء الدولة ، الثُّوار وعوا الدروس السابقة جيدًا ؛ واستمعُوا لأحاديثكَ ونصائحُكَ أنتَ ومَنْ هُمْ على شاكلتكَ ، "فايز" لقد انتهى أمرُكَ ؛ فأنا مَنْ قدتُ تلك الثورة منذ اندلاع شرارتها الأولى بمساعدة ابنتيكَ ، وللعلم لن يقتلَكَ غيري ؛ فلقد انتظرتُ تلك اللحظة منذ سنوات طويلة.

حاولتَ أنْ تجعلنا خلالها جرذانًا ، وها نحنُ نضعُكَ أنتَ وأمثالكَ في المصيدةِ".

وأكملتْ في انفعالٍ :

-"ها هو الموتُ الذي حاولتَ أن تحصد "عليًّا" به ، سيحصدُكَ أنتَ!!".

وفي هذه الأثناء كان "علي" قد فكَّ قيود صديقه ، والذي كان ما يزالُ على قيد الحياة.

وبينما يمنعانِ زوجة "فايز" مِنْ قتلِهِ ، وابنتاهُ مُتحفزِّتَانِ معها للحظة المنتظرة ، وبينما البلاد على صفيح ساخن ، والثُّوار يسيطرُون ، والجموع الغاضبة تأكلُ الأخضر واليابس في طريقها؛ للقضاء على كُلِّ مظاهر النظام الغاشم البائت ، كان ذلك الثلاثيني المَدعوُّ "حسن" يجذبُ

فتيل القنبلة تجاه قصر "فايز" ، وصديقُهُ يستحلفُهُ بعدم الإقدام على خطوته ، ولكنْ سَبَقَ السَّيفُ العزلَ؛ وانتهتْ حياةُ كلِّ مَنْ تبقَّى في القصر مع حطام القصر؛ وامتزجتْ أشلاءُ "علي" ، و"عامر" ، و"فايز" ، وعائلته مع الحطام ؛ لتعلنَ عن ميلاد جديد ، وعهد مشرق تستقبلُهُ البلاد في حُكْمٍ رشيدٍ للحزب الذي ترأَّسَهُ "حسن" ونائبه صديقه.

وبينما كانا يطالعَانِ بعض التقارير ، سألَهُ صديقُهُ :

–"لماذا لم تُخَلِّد ذكرى "علي" ، و"عامر" ، وزوجة "فايز" وابنتيه ؛ لإبراز دورهم في الثورة التي جاءتْ بكَ حاكمًا ؛ وأتتْ بي نائبًا لكَ؟".

أجاب "حسن" :

–"لو استمرَّ الحوارُ بينهم حينها لانقلب لصفقةٍ ..صفقة يدفع ثمنها الباهظ أنا وأنتَ، وأمثالُنا ، ولا تنسَ يا عزيزي أنَّ "عليًّا" و"عامرًا" في الأصل قتلة ، وأنَّ زوجة "فايز" كانتْ لها تطلُّعات للحُكْمِ ، ولذا ساعدتْنا في التخلُّص منه ، وابنتاهُ كانتا مُولعتينِ ببطولة "علي" و"عامر" أثناء اجتماعاتنا السِّريَّةِ ؛ ولذا كان لابُدَّ أنْ نزيلهم جميعًا مِنْ طريقنا".

وكررها :

"طريقُنا يا صاح!!".

تنهَّد صديقُهُ قائلًا :

–"أحيانًا تخيفُني ؛ وتبدو غامضًا يا حسن!!".

ردَّ "حسن" :

–"لا عليكَ ، سأذهبُ ؛ لأستريحَ ساعةً مِن الزمن".

وخرج "حسن" مِنْ مكتبه ، وأصدر قرارًا بحبس صديقه ، وعزله مِنْ منصبه ، واتَّهامه بقضية خيانة عظمى للثورة والثُّوار!!

وفي عام (2045) صدرَ حُكْمٌ بإعدام نائب الرئيس "حسن" ، ودائمًا ما يتخفَّى "حسن" ، ويذهبُ لزيارة قبره ؛ حرصًا منه على ردِّ جميله كصديقٍ ، ولشعوره، بأنَّهُ كان قاسيًا معه أكثر مِن اللازم!!

لكنَّ ما يريحُ ضميرَهُ ، هو: أنَّهُ ليس بالقاضي الذي أصدر الحُكْمَ ، ولا العشماوي المُنفِّذ ، هو فقط أنقذ البلد مِن الضياع ، ومِنْ فيضان الدم.

القصة الثانية

"النداء 2/29"

"هذا اليوم له سحر عجيب ، وحكاية مِنْ وحي خيال المُؤلِّف ، وقد استعرتُها لكَ ، وكُلُّ ما احتاجَهُ : أنْ تعيرني انتباهكَ ، وها أنا أقصُّها عليكَ".

هو ، نعم كان مختلفًا عن باقي مُدرِّسي المدرسة : نظراته ، وسامته ، أناقته الزائدة ، هدوؤه المبالغ فيه ، أحيانا صوته الذي يكاد لا يُسمَعُ إلّا عن قرب ، احترامه الشديد مع المرأة ، نعم كان مختلفًا ، لكنَّهُ الاختلاف الذي تشعرُ معه أحيانًا بالارتياب.

لم يسلم مِنْ نظرات العشق في عيون المراهقات ، ولا أخفيكم سرًّا ، ولا المُدرِّسات!! سواء غير المُتزوِّجات منهن أو المُتزوِّجات!!

تلك تعرضُ عليه ساندويتشات الكفتة صنيعة يديها ، وأخرى تقسمُ أنَّها تعلَّمتْ فطائر البيتزا؛ خصيصًا لأجله ، وأخريات يقمنَ بإعداد حفل عيد ميلاد فجائي له ، ويرسلنَ في إحضار ألخم أنواع الحلويات ، والجاتوهات ، والمياه الغازيّة ، وتقسمُ كُلُّ واحدةٍ منهن، بأنَّها صاحبة فكرة الحفل.

وحينها لا يمتلكُ هو مِنْ أمره شيئًا ، إلّا أنْ يبتسم ابتسامته الهادئة مستقبلًا حفاوتهن المبالغ فيها بشيء مِن الخجل الممزوج بالشك في نوايا مُعدِّي الحفل ، ثُمَّ يشكرُهن جميعًا، ويغادر؛ لإكمال يومه دون شيء جديد يُذكَر.

هو مَنْ قُدِّرَ له أن يكون الذكر الوحيد وسط مستعمرة النساء!! أوَّلُ مُدرِّس رجل يُعيَّن في مدرسة "الآمال الكبرى الثانوية بنات" أوَّل "آدم" تطأ قدماه وسط العشرات مِنْ بنات "حواء".

وللصدق لم يكن "نادر" بآدم تقليدي ، بل كان مِن النوع الشاغل لمخيلة أي فتاة ، كان فارس الأحلام ، وفتى الشاشة الأوَّل ، دونجوان عصره وأوانه كما يقولون.

هو (نادر) اسمه كما أعلمُ ، وتعلمون معي ، كان على دراية تامة بكُلِّ ما يحيطُ به : كان يعلمُ أنَّهُ على حافة الهاوية ، وأنَّهُ موضع اختبار يحتاج منه للصبر ، والمثابرة ، والبصيرة ؛ فالعازباتُ مِن المحيطات يريدنه زوجًا وعريسًا ، كما أنَّ المُتزوِّجات يسوِّقن لأخواتهن ، وبناتهن ، ومعارفهن ؛ فقد صار "نادر" مركزًا لدائرة وبؤرة اهتمام لأحاديث كُلِّ بنات "حواء" مِن المحيطات به ، ودرءًا للشبهات لم يوافق على إعطاء دروس خصوصيَّة لأية مِنْ فتيات المدرسة ؛ واكتفى في الدروس الخصوصيَّة بالطلبة الذكور فقط.

هي ، كيف نسيت أمرها ، لا أدرى ؟

يبدو أنَّني أنا الآخر بدأتُ أهتمُّ نوعًا ما بـ "نادر"، وإكمال سرد حكايته ، ولكنَّها لن تكتمل بدونها ، دون "أوزوريس" حكايته ، دون "فريدة" ، "فريدة سري الدين" ، ويا لروعة هي "فريدة"!! ،وهو "نادر" ، تشابهُ بين معاني اسميهما ، لا يهمُّ الآن كثيرًا ، ولننسى أمر الأسماء برمته ، ونعود لها ، لـ "فريدة".

الاسم: "فريدة سري الدين".

المهنة: مُدرِّسة لغة فرنسيَّة بمدرسة "الآمال الكبرى" ، زميلة "نادر" ، وتدرِّسُ اللغة الفرنسيَّة مثله ، ويا لها مِنْ صدفة!!

العمر: (32) عامًا.

☆ وللصدفة الأكثر : مواليد نفس يوم ميلاد "نادر" (29-2) لنفس العام ، وهو يوم لا يتكرَّرُ إلَّا كُلَّ أربعة أعوام ، يوم له سحر عجيب ووقع غامض ، وها هي صدفة جديدة.

المظهر العام: فتاة مِن النوع المصري الشرقي الأصلي : سمراء البشرة ، لها عينانِ سوداوان ، أمُّها فقط هي مَنْ تراهما أحيانًا عسليتينِ ، حين ترضى عنها ، مُحجَّبة أحيانًا ، وترتدي عوينات طبيّة ، وبالطبع كان هذا وضعها قبل "الليزك" وانتشاره.

☆ **والأهمُّ :** أنَّها كانتْ "حواء" الوحيدة مِن المحيطاتِ بالدونجوان "نادر"، والتي لم تعرهُ اهتمامًا أبدًا ، بل وصل الأمر لعدم ردِّ تحية الصباح ، لو التقيا صدفة!!

أعتقدُ أنَّك توقَّعت ، كيف تبدو "فريدة" ، "فريدة سري الدين".

في "مارس" حيثُ يتلاشى شعور البرد ، وتهلُّ بشاير حرارة ورطوبة الصيف ، كانت اللحظة الفاصلة ، حين طلبتْ مديرة المدرسة مِنْ "نادر" و"فريدة" أنْ ينتظَرا في مكتبها ، وأنهتْ الاجتماع ، وجاءتْ لمكتبها ؛ حيثُ يجلس كلُّ منهما مُتواجِهينِ على مقاعد جلديّة قديمة موضوعة أمام مكتب المديرة.

ودون مُقدِّمات قالت المديرة ، وهي تبحثُ عن عويناتها الموضوعة فوق عينيْها مُوجِّهة حديثها نحوهما :
-"تعلمان جيدًا ، أنَّ "ناهد" ستبدأ إجازة الوضع الخاصة بها غدًا ؛ وسأضطرُّ لتقسيم حصص "ناهد" بينكما بالتساوي ، وبما يرضي الله ".
سادتْ فترة قصيرة من الصمت اعتبرتْها المديرة كافية ، فأتممتْ حديثها:
-"هل هناك أية ملحوظات ؟، إذًا بالتوفيق".
وأعطت لكلٍّ منهما نسخة مِنْ جدول الحصص ، تبادل "نادر" مع "فريدة" نظرة سريعة ثُمَّ اتَّجها نحو باب مكتب المديرة ، دون أنْ ينبسا ببنت شفة.

أسرعتْ "فريدة" السير في الممر الطويل الواصل بين مكتب المديرة والفصول ، وخلفها "نادر" محاولًا اللحاق بها بشكلٍ ملفتٍ للنظر ، قبل أنْ يحاول النداء عليها باسمِها مسبوقًا باللقب : أستاذة "فريدة".

ابتسمتْ "فريدة" في نشوة ، دون أن تلتفت نحوه ، وأكملتْ سيرها نحو مكتبها ، فكرَّر "نادر" النداء ، ولكنَّ تلك المرَّة بالفرنسيَّة ، حاولتْ أنْ تخفي ابتسامتها ، قبل أنْ تستدير نحوه.

وبوجهٍ مُتجَّهمٍ تقول:

-"أستاذ نادر، إذا كان لديك ملحوظات ؛ فلنناقشْها غدًا في مكتب المديرة ،و...".

قاطعها "نادر" قائلًا :

-"ليس لديَّ أية ملحوظات على أي شيء سِواكِ!! ، "فريدة" أنا مُعجَبُ بكِ ؛ وأتمنَّى أن تشاركيني حياتي".

تلعثمتْ "فريدة" ، وتركتْهُ دون أن تنبس بكلمةٍ ، وأسرعت الخطى نحو غرفة مكتبها ، ومِنْ شدة ارتباكها تساقطتْ منها الأوراق التي كانتْ تحملُها ، بل ، واصطدمتْ في طريقها بزميلِتها، لكنَّها أكملت الطريق ، دون أن تجمع أوراقها ، أو حتى تعتذر لزميلتِها!!

ما إن دلفتْ لغرفتها ، وأغلقت الباب خلفها ، حتى سمعتْ طرقات "نادر" يطلبُ منها أنْ تسمح له بالدخول ، ففتحت الباب ، وجدتْهُ مادًّا يده بالأوراق التي سقطتْ منها ،ووجهُهُ مبتسمًا ابتسامته الهادئة المعتادة ، التقطت منه الأوراق ، وأغلقت الباب ، وجلستْ على مقعدها وحيدة بالغرفة ، مُترنِّحة بين شعور بالسعادة ، وآخر بالخوف!!

وسرعان ما انتصر شعور السعادة ، حين أمسكتْ بيديها ورقة دسَّها "نادر" بين أوراقها كاتبًا عليها "أحبُّكِ" بالفرنسية (je taime) .

وبالطبع وصلنا لِمَا يتمنَّاه القارىء أو المُستمِع الرومانسي الحسَّاس ؛ فيغزل عنكبوت الغرام خيوطه، وتتطوَّر العلاقة ؛ ليجدَ "نادر" نفسه جالسًا في بيت "فريدة" أمام والدها ، وأمامه الجاتوه ، والشاي ، والمياه الغازيّة ، وعصير الفراولة أو المانجو حسب الموسم، ثُمَّ طلبات أهل "فريدة" المرهقة ، والتي تتبع جملة "إحنا بنشتري راجل"!!

ثُمَّ أغنية "شادية": "يا دبلة الخطوبة" ثُمَّ خلافات العفش وقائمة العروس ، ثُمَّ ينتصر الحُبُّ، وتوتة توتة تنتهي الحدوتة، ويتزوَّج "نادر" مِنْ "فريدة" ، ويعيشانِ في تبات ونبات ، وينجبانِ أولاد وبنات!!

ولكنْ تأتي الرياح دائمًا بما لا تشتهي السفن ، ولم يحدث التبات ، ولا النبات ، وكيف يحدثُ، والبطل "نادر" والبطلة "فريدة" كلاهما مِنْ مواليد (29-2)!!؟

فبعدَ إلحاح مِنْ "نادر" ، ومطاردة مِنْ صيَّاد ماهر لفريسةٍ ،أقصدُ لـ "فريدة" ، وافقتُ أن يصطحبَها في عزومة غداء على ضفاف النيل ، بشرط ألَّا تتأخر.

وافق "نادر"، وكان لكُلٍّ منهما سعادته الخاصة باللقاء ؛ فـ "نادر" أخيرًا سينفِّذُ وصية أمه، وقد وجد مَنْ تشاركه حياته ، أمَّا هي ، فقد استطاعت أنْ تستخدمَ حيلة الإهمال المُصطنَع، والالتزام بتطبيق كتالوج نصائح ذوي الخبرة مِن الأهل والمعارف بحذافيره ، وها هو العريس المُنتظَر يجالسُها ويتقاسَمانِ الغداء على شاطىء النيل.

بدأ "نادر" حديثَهُ قائلًا:

-"مِنْ حُسْن حظي الارتباط بكِ يا "فريدة".

واستطرد :

-"هل تعلمين لماذا؟".

ابتسمتُ في خجلٍ ، وطلبتُ منه أن يتوقَّف عن مغازلتِها ، أُكمل بجديَّةٍ:

-"أنا لم أطلبْ مِنكِ الارتباط ؛ لأنَّني أحبُّكِ بالمعنى الحرفي ؛ فأنا لا أحبُّ ، ولا أستطيع الحُبَّ كرجلٍ يحبُّ امرأةً ، ويتطلَّعُ لإقامة حياة عاطفيَّة كاملة معها ، كلُّ ما في الأمر: أنَّكِ استطعتِ إخراج مشاعري نحوكِ ، ولكن للأسف ليست مشاعر رجل تجاه أنثى ، ولكنَّها مشاعر أنثى تجاه رجل".

بدتْ "فريدة" كالبلهاء ، فاتحة فمها تستمعُ لـ "نادر" غير مصدقة ما تسمعُهُ ، وهو يستطرد:

-"أنا مِنْ مواليد يوم لا يتكرَّرُ إلَّا كُلَّ أربعة أعوام ، ومعظم مواليده يُصَابُون إمَّا بلعنة أو ضربة حظ ، وللأسف كنتُ مِمَّنْ أصابتهم لعنةٌ جنسيَّةٌ ؛ فبعدَ بلوغي بدأتُ أَلاحظُ ميلي نحو جنس الرجال ، ولكنَّني لستُ شاذًّا ، ولم أمارس اللواط ؛ فأنا لستُ مريضًا عضويًا ، ولكنْ كما وصفني الطبيب "تشريحيًا" ، وأُصنَّف كرجلٍ ، بينما ميولي العاطفيَّة والجنسيَّة ميول أنوثة وأمومة ، وقبل الزواج وجب عليَّ الاعتراف: أنا سأكونُ زوجةً وليس زوجًا".

لدقائق بدا كُلُّ شيء جامدًا ساكنًا ، ليست الأطباق والأكواب فقط بل أيضًا كُلُّ المُحيطِينَ ، بل كُلُّ العاملِينَ بالمكان ، حتى المراكب في النيل!!

بدا ، وكأنَّها أصابها الذهول والسكون!!

استجمعتْ "فريدة" قُوَّتها ، ومسحتْ دموع عينيها قبل أنْ توجِّهَ حديثَها نحوه:

-"هل تختبرُني أم أنَّكَ كنتَ على علمٍ أنِّي أنا الأخرى مِنْ مواليد نفس اليوم ؟ ، ومُصَابة بنفس الحالة : حالة النداء الجنسي الانقلابي كما أطلق عليها عَالِم علم النفس ، بل الأدهى يا "نادر" أنَّ الحالة تطوَّرت معي للأسوأ ؛ فبدأتْ أعضائي التناسليَّة في التحوُّر ، حتى أنَّني الآن أتبوَّلُ كرجلٍ".

نظر لها "نادر" مشدوهًا ، وهي تكمِلُ:

-"أنا أيضًا أحببتُ فيكِ الأنثى الكامنة ، ولم أحبَّ فيكِ الرجل المُزيَّف الذي تحاول دائمًا أن تتواري خلفه ، نحنُ خُلِقْنا لبعضنا ، ولكنْ كيف في مجتمعٍ مثل مجتمعنا ؟!

أخبرني ، باللهِ عليكَ ،هل المهمُّ مَنْ يقومُ بدور المرأة ؟ ، ومَنْ يقومُ بدور الرجل ، أم الأهمُّ أنْ تستمرَّ الحياة؟

لو علم أهلي بالأمر؛ لاعتبروني شاذةً ، لو انتحرنا ، لكانتْ خسارة الآخرة.
لو فرضنا أنَّ هناك مَنْ وافق على إجراء عمليات تحوُّل جنسي لنا ؛ لدخلنا دوَّامة فئران التجارب ؛ وأصبحنا صيدًا ثمينًا للإعلام وزبانيته ، وصرختْ بصوت مرتفع :
-"رحماكَ يا الله!!".

وهنا أمسك "نادر" يد "فريدة"، وتوجَّها نحو السور المُؤدِّي لمياه النيل ، وحاولا الانتحار، وباءت المحاولة بالفشل ، وأصبح "نادر" و"فريدة" حديث الإعلام ، ومواقع التواصل الاجتماعي ، وانكشف أمرُهما ، ودارت الأحاديث ، وعُقِدت الندوات ، وأصبحا الشغل الشاغل للمواطن.
وفي نهاية الأمر اضطرَّت الدولة ؛ لتسفيرهم للخارج ، وتمَّ إجراء عملية جراحية تحوَّل مِنْ خلالها "نادر" جراحيًا لأنثى ، وأطلق على نفسه اسم "فريدة"، وكذلك "فريدة"، وأطلقتْ على نفسها اسم "نادر"!!
وبعد أن أطمئن الأطباء على قدراتها الجنسيَّة بالأوضاع الجديدة ، تمَّ عقد القران ، ولكنَّ، ولمدة عشرة أعوام لم يستطيعا الإنجاب ، رغم أنَّ الأطباء أقرُّوا بنجاح العملية ، وعادا لمصر مرة أخرى ، ولكنْ بعد أنْ هدأتْ وطأة الأحداث ؛ فلم يعد المواطن قادرًا على أن يفكِّر سوى في لقمة عيشه!!

ومرَّ الأمرُ بسلام ، وقرَّرا الانفصال ، رغم أنَّ كُلٍّ منهما يحملُ اسم الآخر!!

ورغم قصة الحُبِّ الغريبة ، ولكنَّ رغبة كُلٍّ منها في الإنجاب في وضعه الجديد ، كانتْ أكبر مِن الحُبِّ والتعاطف ، ثُمَّ إنَّ اقتراح الطبيب ، بأنْ يُغيِّر كُلٌّ منها الآخر ؛ أملًا في زيادة فرص الإنجاب لاق استحسان منهما ؛ ومِنْ ثَمَّ انفصلا في هدوء تام.

وبعد مرور عامينِ مِن الانفصال ، وفي عيادة طبيب النساء تقابل "نادر" الحالي(فريدة سابقًا) بصحبة زوجته الحامل ، مع "فريدة" الحالية الحامل(نادر سابقًا) بصحبة زوجها.

وللغرابة اختار الطبيب يوم (2-29) لولادة كُلٍّ منها ؛ حيثُ أنَّهُ يوم له سحر عجيب!! وبالطبع اتَّفق "نادر" الحالي(فريدة سابقًا) مع زوجته على تسمية مولودتهم "فريدة".

بينما اتَّفقتْ "فريدة" الحالية (نادر سابقًا) مع زوجها على إطلاق اسم "نادر" على مولودهم؛ لكي تستمرَّ الأسطورة دون نهاية : أسطورة "نادر" و"فريدة" ...حكاية (نداء 29-2).

القصة الثالثة

" <u>الزغرودةُ</u> "

لم تتمالكْ نفسها ؛ وانطلقتْ مِنْ حلقِها زغرودة فرح ، وبدا ، وكأنَّ خبر وفاة زوجها كان خبرًا سعيدًا لها!!

فبالرغم مِن السعادة التي كانتْ تحاولُ أنْ ترسَمَها بدقة على ملامحها ، وتصاحبها تلك الصور عبر "السوشيال ميديا" ، إلَّا أنَّ نظرة الحزن التي كانتْ تعلو وجهها ، وتبدِّلُ ملامحها ، كُلَّما حاولتْ أمها أو شقيقتها الكبرى سؤالها عن حالها معه فيما خلف الكواليس ، وكذلك نظرة العتاب المتواصلة بينها وبينهما ، والتي قد تغني عن مئات الكلمات.

وكيف لا تفرح "فدوى" ، وهي مَنْ عانت الأمرَّينِ في زيجةٍ كُتِبَ لها الفشل ، وخُتِمَتْ بختم النسر منذ يومِها الأوَّل ؟!!

فلقد حاولتْ مرارًا وتكرارًا التغلُّب على شعورها بالاشمئزاز نحو "رفعت" ، والذي كان على علم بحبِّها لزميلها "أمجد" ، والذي استغلَّ ثراءهُ في مواجهة فقر "أمجد" المُدقِع ، وتسلَّل لأسرة "فدوى" البسيطة ، وارتدى قناع البراءة ،ورسَمَ وجهة الحَمَل الوديع ، ورفضت الأسرة "أمجد" أمام المغريات التي قدَّمَها "رفعت" ، وحاولت "فدوى" الانتحار ،والهروب مِن المصير المحتوم دون جدوى!!

ووقعت الفأس في الرأس ؛ وتمَّت الزيجة ، بل ، وأنجبتْ "فدوى" ولدًا أُطْلِقَ عليه "يحيى" ، كما كانتْ تحلمُ هي و "أمجد"بذلك .

أحبَّتْ "يحيى" ، وكانتْ كثيرًا تحتضنُهُ ، وكأنَّها تعوِّضُ الحنان المفقود أو بالأحرى كانتْ تبدو، وكأنَّها تحتضنُ "أمجد" ، وكثيرًا ما كانتْ تنادي "يحيى" بـ "أمجد" ، وكثيرًا ما كان "رفعت" ينظرُ لها نظرة تحدٍّ واضحة.

نظرة تعني: أنَّهُ مُجرَّد خيال ، أمَّا أرض الواقع معي وبين براثني، وذات يومٍ تطوَّر الشجار بينها ؛ ونالتْ منه ضربًا مُبرِّحًا كالعادة ، ولكنَّ هذه المرة حاول "يحيى" الدفاع عن أمه بيديه

الصغيرتَيْنِ ، وإذا بـ "رفعت" ، وهو في حالة سُكرٍ شديدٍ يطيح بالصغير ؛ ليرتطم رأسُهُ في ترابيزة زجاجيَّة ؛ ويتهشَّم رأسُهُ الصغير على إثر ذلك الارتطام ؛ ويُتوفَّى في الحال ؛ وكانت الفاجعة لـ "فدوى" .

حاولتْ "فدوى" إثبات موت صغيرها على يد "رفعت" دون جدوى ؛ فـ"رفعت" مِنْ هؤلاء الذين يمتلكون السطوة والسُّلطة ، وخرج مِن القضية ، كما يقول المثل الشهير: "مثل خروج الشَّعْر مِن العجين"!!

غابتْ "فدوى" عن البيت ، وقرَّرتْ عدم الرجوع ، ولكنَّ "رفعت" طلبَها في بيت الطاعة؛ وتسبَّب في الإيذاء الأكبر لها ؛ حيثُ استطاع قتل "أمجد" بطريقة انتقاميَّة ، وحين واجهتْهُ "فدوى" ، اعترف أمامها ، وقال:
"تسبَّب في قتل ابني ؛ فقتلتُهُ!!".

مرَّتْ أيام ثقال على "فدوى" ؛ فلم تكن تعلمُ ليلَها مِنْ نهارِها!! ، وقد تضاعف حزنُها ، ولم تعد تنامُ إلَّا بمُهدِّئ أو مُنوِّم ، وتستيقظ مرارًا مفزوعة ، وتردِّدُ اسم "أمجد" أو "يحيى" ، وتصرخُ بشدةٍ ؛ لتصلَ للانهيار ثُمَّ تنام وتعيد ما حدث.

وذات يوم أتاها بالحُلُم "أمجد" ، ويحمل "يحيى" بين يديه ، ويسيرُ به في حديقة غنَّاء، والطيور البيضاء ترفرفُ بأجنحتها عليهما ، وابتسما لها ؛ فاستيقظتْ ، وكأنَّها معهما ثُمَّ سريعًا ما اصطدمتْ بصوت "رفعت" ، وكعادته في حالة سُكرٍ بيِّن.

ولكنَّ هذه المرَّة اختلف الوضع ؛ فقد كان يحاول الاعتداء الجنسي على فتاةٍ تقارب الخامسة عشر ، وتعملُ خادمة بالمنزل ، وبينما يحاول "رفعت" أن يفعل فعلته الدنيئة ، ويجذب الفتاة

نحوه ، وهي ترتعش وتصرخ مِنْ شدة الخوف ، تمالكتْ "فدوى" قُواها ،واقتربتْ دون أن يشعر بها ، وظلَّتْ تضربُ ظهره بالسكينة عدة مرات ، حتى سقط جُثَّة هامدة!!

وتحرَّرت الفتاة مِنْ قبضته ،وظلَّتْ تصرخُ خوفًا مِنْ فعلة "فدوى"، حتى تبوَّلتْ على ملابسها، وجرتْ مسرعة هاربة مِنْ جحيم منتظر ؛ رُبَّمَا تكونُ أقرب مَنْ يُهَمُّ فيه ، في ظلِّ سطوة المال .

وهنا ، وحين تأكَّدتْ "فدوى" أنَّ "رفعت" أصبح ماضيًا ، وأنَّها الآن حُرَّة ،حتى ، وإن سجنُوها ، وكبَّلُوها ، بل ، وإن قامُوا بشنقِها ؛ فهي الآن يكفيها حريتها مِنْ "رفعت" ؛ فهي حرية طير حبيس ألف سنة أو يزيد!!

لذا فقد أطلقتْ "فدوى" زغرودة فرح ، ليستْ واحدةً ، بل ظلَّتْ تكرِّرُها وتكرِّرُها ، حتى بُحَّ صوتُها ؛ وتلاشى ،وأصبح مِن الصعب أنْ تُفهَم كلماتُها.

وفي التحقيق ، وقبل جلسة الحُكْم ، وإحالة أوراقها للمفتي ، ظهرت الخادمة ، واعترفتْ بما كان ينوي "رفعت" فعله ، قبل أنْ تُخلِّصها "فدوى" مِنْ براثنه.

وهذه المرَّةُ انطلقتْ زغرودة "فدوى"، وعاد صوتُها مع تخفيف الحُكْم عليها مِنْ إعدام للسجن ، وإعادة النظر في القضية ، بل ، وإعادة فرصة الحياة مرة ثانية ، ولكنَّ هذه المرة دون "رفعت" ، وللأسف دون "أمجد"، وصغيرها "يحيى"!!

القصة الرابعة

" نَوَايَا "

لا أعرفُ ذلك السِّرَّ الذي جعل أبي يُلقِّبُني بهذا الاسم الغريب "نوايا" ، أسمعُ همساتِكَ المندهشة ، وربما الساخرة أيضًا.

نعمْ ، "نوايا" ، ولكم تعدَّدت الروايات ، واختلفت الأقاويل في سبب تلك التسمية ؛ فجدَّتي لأمي ترجِّحُ أنَّ أبي كان يُخشى أنْ أموت في سن صغيرة كأشقائه الذين ماتوا جميعًا بين الثالثة والخامسة، وأمَّا خالتي تعارضُ كلامَ جدَّتي مُبرِّرة أنَّ السِّرَّ في ذلك ، هو: اسم تلك الفتاة التي عشقها أبي أثناء عمله بالأردن ، وقبلَ زواجِهِ مِنْ أمي.

وأمَّا عن جدَّتي لأبي ، والتي طالما احتضنتْني ، وهي تتذكَّرُهُ مجهشةً بالبكاء قائلةً لي: "مَنْ حَسُنَتْ نواياهُ ، اللهُ يرحمُهُ ، كان يودُّ أنْ تكوني مثله حسنة فرض النوايا، فأطلق عليكِ اسمكِ الجميل: اسم "نوايا".

المُؤلِمُ في الأمر ليس الاسم ، ولا السخرية أو التهكُّم ، والذي أتعرَّضُ له مِن البعض ؛ فهذا يهوِّنُ إذا اقتصر الأمر على ذلك ، وإنَّما الأكثر إيلامًا : أنَّ أمي تُوفِّيتْ أثناء ولادتي ، ليس هذا فحسب، بل إنَّ أبي قد لَحِق بها بعد شهر إثرحادث أليم.

ومِنْ ذلك الحين اعتبرني البعض نذير شؤم ؛ ولذا لا يهمُّ سِرّ التسمية ، ولا يهمُّ، هل أحملُ اسم نوايا (جمع: نية) أم كما يسخرُ بعض المُدرِّسِينَ بمدرستي (جمع: نواة) ؛ فدائمًا أردُّ ببرودٍ: " إنَّ نوايا جمع : نية ؛ فجمع النواة : أنوية ، واليوم أنهيتُ دراستي الجامعيَّة ؛ وحصلتُ على ليسانس الحقوق ؛ وأصبحتُ الأستاذة / "نوايا حَسَن خير"، لا تبتسمْ ؛ فوالدي -رحمةُ الله عليه - اسمُهُ "حَسَن خير"؛ ومِنْ ثَمَّ فإنَّ اسمي "نوايا حَسَن خير".

مِن الآن فصاعدًا سيسبقُ اسمي ؛ ليصيرَ الأستاذة "نوايا حَسَن خير".
ها أنا الآن أرى الإبتسامة على وجهي ، وأنا أتخيَّلُ لافتة سوداء عريضة بميدان شاسع يعجُّ بالمارة والسيارات ، وتتراقصُ على تلك اللافتة الأضواء المبهرة ؛ لتزيدَ مِنْ وهج الاسم؛ فتصبح اللافتة في ظلِّ تلك الأضواء كراقصة مُحترِفَة منتظمة الخطوات تبهرُ المُتفرِّجِينَ بأدائها لكنْ ما

إنْ تَخيَّلتُ قارِيء اللافتة يبتسمُ ساخرًا ؛ ظنًّا مِنْهُ أنَّها دعاية لفيلمٍ مُضحِكٍ ، وليستْ لافتة لمكتب محاماة حتى تلاشتْ ابتسامتي ، وأظلمَ خيالي لتلك الصورة التي بدَّدتْ أحلامي.

هل سيظلُّ هذا الاسم سرَّ لعنةٍ أحلَّتْ بي ، وتأبى الرحيل ، هل ستلاحقُني أشباحُهُ في مدينتي المهجورة ؟

هل سأظلُّ في بحثٍ لا ينتهي عن سرِّ الاسم ، والذي منحني إيّاهُ والدي ، قبلَ أنْ يرقد في مثواه الأخير ؟

لا، هذا الإسم لا يليقُ بمحاميةٍ ، بل على الأرجح يليقُ بمونولوجيست مسرح!! أزفرُ زفرة حارة بعد قراءة الفاتحة على روحيهما: أمي التي لم تراها عيناي أبدًا ، وأبي الذي منحني حنانَهُ شهرًا واحدًا مِنْ عمري !!

ومنحني معه اسمًا لا يعرفُ سرَّ تسميته لي إلَّا هو. تطرأُ على رأسي دومًا فكرة تمرُّدي على اسمي تمرُّدًا تامًا ، ألستُ أنا مِنْ يملكُهُ؟ أظنُّ أنَّ التحرُّر منه صار أمرًا حتميًا ولزاما عليَّ كم مِنْ ليالٍ بكيتُ فيها لجدَّتي بكاءً حائرًا ؛ علَّها تستجيبُ لرغبتي في تغيير اسمي ؛ فلم يكن منها إلَّا الرفض بحجة صعوبة تغيير أوراقي ، كإجراء تابع لتغيير الاسم ، بدءًا مِنْ شهادة ميلادي لآخر ما تمَّ إصدارُهُ لي مِنْ أوراق حكوميَّة.

الآن أنا سيِّدةُ قراري ، ولن أتراجع ، سأطرقُ جميع الأبواب ، سأتمرَّدُ ، وسيثورُ بركاني، سأبحثُ عن أبسط حقوقي ، عمَّا يلازمُني دائمًا أبدًا كعضوٍ مِنْ أعضاء جسمي ، وسأغيِّرُ اسمي، ولن أعبأ لآراء الآخرينَ.

سأغيّرُ اسمي ، حتى لو فشلتُ في اختيار اسم آخر.

هنا استوقفتْني الفكرة ؛ فأنا ، وإنْ كنتُ اتَّخذتُ قرار التغيير ، لكنّي ما زلتُ عاجزةً عن اختيار اسم جديد يتعايشُ معي ، ونكملُ رحلةَ الكفاح سويًّا.

هل يقعُ اختياري على اسمٍ مِنْ أسماء أشهر الفنانات أم اسم مِنْ أسماء إحدى زوجات النبي -عليه الصلاة والسلام - أو بناته - كرم الله وجوههن جميعًا ، أم تراني أختارُ اسمًا مِنْ أسماء صديقاتي المُقرَّبات؟

آهٍ يا نوايا!! كم سهرتِ مِن الليالي ، تنادين نفسَكِ بأحد أسمائهن ، وتتخيَّلين الناس ينادونكِ به!! يا لها مِنْ حيرةٍ !! ، ويا لَهُ مِنْ قدرٍ!!

فحينَ أمتلكُ إرادتي ، وأقرّرُ تغيير اسمي ، أحتارُ في تحديده.

فجأةً التمعتْ في رأسي فكرة ، وتلألأ بريقُها ؛ سأبدأُ بعمل استفتاء على صفحتي الشخصيَّة بموقع التواصل الإجتماعي ، وأكتبُ به:" إنْ لم يكن اسمي "نوايا"، اخترْ لي الاسم الأنسب مِنْ وجهة نظركَ " أقترحُ ثلاثة أسماء ، ولكنْ ترى ماذا ستكونُ تلك الأسماء؟".

مرَّتْ فترة قصيرة مِن التفكير ، ما لبثتُ أن اتَّخذتُ بعدها قراري ، وأردفتُ في استفتائي: "ثلاثة أسماء لكُلٍّ منها مدلول في قصة حياتي: (روفيدا ، وريم ، وروان) ، ورغم كوني لادغة في حرف الراء ، وسيكونُ هذا محلَّ سخريةٍ مِمَّنْ يعرفُوني عن قربٍ ، لكنْ لا مانع مِن التجربة، ولن أخفيكم سرًّا؛ فلكُلِّ اسم منهم ذكرى محفورة بداخلي:

"روفيدا" هي أوَّلُ طبيبةٍ في الإسلام ، وكنتُ أتمنَّى أن أعمل طبيبة ، و"ريم" اسم صديقة عمري منذ الطفولة ، وحتى أستُشهِدَتْ في أحداث "محمد محمود" عقب ثورة "يناير" المجيدة.

وأمَّا "روان"، فهو اسم زوجة حبيبي الذي تركني، وفضَّلها عليَّ دون معرفة سببٍ وجيهٍ لذلك، فهل سيعودُ إليَّ، لو أطلقتُ على نفسي "روان"؟

أعرفُ أنَّ بعض أصدقاء صفحتي يعرفُون السِّرَّ في اختياري لتلك الأسماء، ولكنِّي أعرفُ أيضًا أنَّ معظمَهم لن يأخذ الموضوع على محمل الجِدِّ؛ لذا سأجرِّبُ، ولن أخسر شيئًا. كلُّ ما عليَّ فعلُه أن أمارس لعبة الديموقراطيَّة، ويا لَهَا مِنْ لعبة مُسلِّية حقًّا!!، حتى، ولو في أبسط صورها ديموقراطية اختيار اسمي الجديد.

فجأةً، ودونما سابق إنذار، انقطعتْ أفكار "نوايا" بانقطاع التيار الكهربائي، وزفرتْ في مللٍ، حين وجدت هاتفها الخلوي، وقد نفذتْ طاقة بطاريته، وكذلك حاسوبها الآلي؛ لذا فلن تستطيع إجراء الإقتراع في تلك الآونة.

ابتسمتْ بنصف شفاهٍ، وكأنَّها تقولُ:
"يا لَهُ مِنْ حظ !!".
كان الاقتراعُ يبدو حينها بمثابة إعلان رسمي؛ لفوز رغبتِها في التغيير، وكانتْ نتيجته بمثابة أوراق رسميَّة مُعتمَدة تستطيع تقديمها وقتما شاءت؛ لتدلَّ على أنَّ الاسم قد تبدَّل بالاسم الرابح في الاقتراع، ولكنَّ هيهاتَ، فقد تبدَّد الحُلُمُ تبدُّدًا مؤقَّتا بانقطاع الكهرباء، ولكنَّها أقسمتْ أنْ تقومَ بالاقتراع فور عودة التيار الكهربائي؛ ومِنْ ثَمَّ تبدأ حياتها في التغيير.
إلى هنا جاء دورُ النوم ذلك السلطان المُترِّبع على العقول والأبدان، ذاك الساحر صاحب الفقرة الختاميَّة في سيرك حياتِنا اليومي، مَنْ ذا الذي يستطيع مخالفته؟، وهو مَنْ يأتمِرُ بأمره أفقر الفقراء، وأغنى الأغنياء، وبلا إطالةٍ فلقد نال النوم مِنْ "نوايا"، ودكَّ حصون قلاعها، وغلَبَها لساعاتٍ.

استيقظتْ بعدَها "نوايا" ؛ لتجدَ نفسَها داخل حلقةٍ لا نهاية لها ، ولم تقاومْ رغبتها في النعاس ، وعادتْ مُجدَّدًا.

لا تدري كم مِن الوقت مرَّ قبلَ أنْ تستيقظ على صوت رسائل متتالية تصلُ لهاتفِها المحمول!! عاد التيار الكهربائي أثناء نومها ؛ فقد تمَّ شحنهُ تلقائيًا ، وكذلك أيضا حاسوبها الآلي.

لدقائق ظنَّتْ أنَّها تحلمُ ، لكنَّها وجدتْ تكرار لنفس الرسالة عبر رسائل نصيَّة ، وعبر البريد الإلكترُوني رسالة مضمونها: "فوز "نوايا حَسَن خير" في مسابقة جائزتِها: رحلة عمرة مُقدَّمَة لصاحبة أغرب اسم!!".

وبالطبع لم يكن بين المُتقدِّمات مَنْ تحملُ اسمًا أغرب مِنْ "نوايا" ، وها هو حلمُها يتحقَّقُ عن طريق اسمها ، والذي كانتْ قاب قوسينِ مِنْ إطلاق شرارة ثورة عليه ، وبدتْ عليها أمارات الحيرة ، وهي تنقلُ بصرها بين شاشة الهاتف والحاسب الآلي ، وكأنَّها ما زالتْ غير مُصدِّقة ثُمَّ أحضرتْ ورقة وقلم كما اعتادتْ دومًا ؛ لإخراج أفكارها.

وكتبتْ في يمين الورقة "نوايا" ، وفي يسارها إلى العمرة ، وبينها كلمة "ستذهبُ"، وبعد كلمة "العمرة" كتبتْ "بإذن الله".

أصبحت الجملة: "نوايا ستذهبُ إلى العمرة بإذن الله" ، وكان ذلك كافيًا ؛ للتوقُّف عن حُلْم التغيير، ولو بشكلٍ مُؤقَّتٍ.

لعلَّ ، وعَسَى تعاودُ التفكير بعدَ العمرة ، وفي غمرة فرحتها نستْ عليها أنَّ البحث سريعًا عن خالِها ؛ فهو الوحيدُ الملائمُ لتلك المهمة كمحرمٍ لها ، وهاتفتْهُ ، وقبلَ أنْ تتنطق ببنت شفة ، قال لها :

-"أوراقي جاهزة ، وللعلم أنا مَنْ قدَّمتُ باسمكَ في المسابقة ، والحمدُ لله ، كان الفوزُ حليفَكِ ، وكان لاسمكِ ، والذي طالما حلمتِ بتغييره أكبر دور في تحقيق حلمكِ: حُلْم العمرة".

اغرورقتْ عيناها بالدموع ، وهي تنهى المكالمة ، وكانتْ في قِمَّة سعادتها سعادة جعلتْها تريدُ احتضان العَالَم بين ذراعيها ، وتودُّ أنْ تكتب اسَمَها ، وتحفَرَهُ في كُلِّ مكانٍ.

اسمها : "نوايا ...نوايا حَسَن خير".

القصة الخامسة

"باب النجار"

(وهل حقًّا يشعرُ الإنسانُ بدنو أجله أم أنَّ كُلَّ هذا لا يعدو كون الأمر خوف مِنْ غموض المستقبل ، حتى، ولو تعلَّق الأمرُ بشيء تكرِّرُهُ يوميًا ؟)

رغم كون عمليته الجراحيّة عملية بسيطة ، ورغم علمِهِ الكامل بهذا كطبيب جرَّاح ، سبقَ له أنْ أجرى مثل تلك العملية مرات عديدة قد لا يتذكَّرُعددها هو نفسه مِنْ كثرتها ، ورغم أنَّ صديق عمره هو مَنْ سيقومُ بإجراء العملية له ، إلَّا أنَّ شعور القلق والتوتر يساورانه ، ويصاحبانه أينما كان ، ووصل به الأمر ، ولأوَّل مَرَّةٍ في حياته أنْ يُدخِّن السجائر بعد رحلة طويلة مِنْ نظافة الرِّئتين!!

ففي غضون معرفته بضرورة إجراء تلك العملية ، ظلَّ يحاول التهرُّب منها مرارًا وتكرارًا ، ولكنَّ الألم المُبرِح فاق كُلَّ المرات السابقة ، وباغتْهُ أثناء إجرائه نفس العملية لمريضٍ ، ولولا العناية الآلهيَّة وبراعة مساعديه ، لحدثَ ما لا يُحمَد عقباهُ.

وها هو بعدَ أنْ فاض به الكيل ، قرَّر أنْ يجري تلك الجراحة ، ويستأصل مرارته ؛ ويتخلَّص مِن آلامه ، ولكنَّ شعورًا ما يراودُهُ ، بأنَّ ثَمَّةَ خطبٍ ما سيحدثُ ؛ وسيغيِّرُ مِنْ مجريات الأمور؛ ويقلبُها رأسًا على عقبٍ.

وقبلَ الموعد المُحدَّد للعملية بساعاتٍ أنهى كتابة وصيته ، وأعطاها لزوجتِهِ ، والتي داعبتْهُ ضاحكة ، وقالتْ:

-"بابُ النَّجَّار مِخلَّع يا دكتور!!".

وأكملتْ حديثها في دعابةٍ :

-"بالله عليكَ ، كيفَ تُهدِّىء مِنْ روعِ مرضاكَ ، وأنتَ تقفُ أمامي خائفًا مِنْ عملية استئصال مرارة، وبالمنظار ؟!!".

نظر نحوها ، ولم يُعلِّق على حديثها ، وبدا ، وكأنَّهُ لا يسمعُهُ ؛ فهي تتحدَّثُ ، بينما هو في عَالَم آخر ... عَالَم يتذكَّر فيه مشاهِدَ لوالِدِهِ اثناء محاولته إنقاذه مِنْ نوبة كُلَى دون جدوى، ووالدتُهُ التي نصحَها الأطباء بضرورة عمل إزالة للمياه، وللسحابة الموجودة بعينيها ، وحدث خطأ بالتخدير؛ وتُوفِّيتْ على إثره ، كما أنَّ شقيقتَهُ لقتْ مصرعها هي الأخرى ضحية إهمال وتلوُّث مستشفى أثناء ولادتها!!

ألَا يكفي كُلَّ هذا ؛ ليجعلَهُ متطايرًا ومتشائمًا مِنْ دخول غرفة العمليات ، بل ألا يكفي هذا ؛ لطرد الفكرة مِنْ رأسه ، وتحملُ الأوجاع ومصاحبة المسكنات رغم علمه بآثارها الجانبيَّة.

بدا الأمر بداخلِهِ كصراع رهيب بين الطبيب الجرَّاح المُقدِّر لدور العلم ، والمُتيقن مِنْ خطورة عدم إجراء العملية ، وبين الإنسان المُؤمِن بعادات وتقاليد تتحكَّم في قرارته ، حتى ، وإنْ وصل لأعلى درجات مِن العلم والمعرفة ، صراع بين المُؤمِن بقضاء الله وقدره مِنْ ناحيةٍ ، وبين غريزة المُتمسِّك بالحياة مِنْ جهة أخرى.

والآن ، وقد انتهى الأمر ، وللمرة الأولى سيتوجِّهُ للمستشفى كمريضٍ، وليس كجرَّاح ، أعدَّ العُدَّة ، وصلَّى ركعتينِ ، ونزل درجات السُّلم ؛ نظرًا لتعطُّل المصعد ، ونظر في ساعتِهِ ، وجد عقاربَها مُتوقِّفة هى الأخرى.

ارتسمتْ على وجهه ضحكة صفراء باهتة ، وأكمل نزوله درجات السُّلم ، وخرجَ مِنْ باب بنايته مُعتقدًا أنَّ مُحرِّك سيارته مُعطِّل هو الآخر ، ولكنَّهُ أخرج لسانَهُ ، فاستجابت السيارة ، وبدا له ذلك كنقطةٍ مُضيئةٍ أو بريق أمل ، وهو الآن في انتظار نزول زوجته ، وولده المصرِّين على اصطحابه لهما ، والتوجُّه معه للمستشفى.

طال الانتظار ، ولم يظهر أي منهما ، أخرج هاتفه الخلوي مِنْ جيب سترته محاولًا الاتصال بأي منهما دون جدوى كالعادة : ضعف الشبكة، وهواتفهم خارج التغطية!!

زفرَ زفرة حارة ، وخرج مِنْ سيارته مُغلقًا بابها بعنفٍ ، ومُتوجِّهًا نحو بنايته ، ولكنَّ القدرَ لم يمهلْهُ الوصول للبناية ؛ إذْ اصطدمتْ به سيّارة يقودُها شابٌ مِنْ مُتهوِّري القيادة ؛ وأودتْهُ قتيلًا في الحال.

ووصلتْ زوجتُهُ وولدُهُ ؛ ليجدَا دكتور "مسعد" قد تحوَّل لجُثَّةٍ غارقةٍ في الدماء مُحاطًا بسيلٍ مُنهمِرٍ مِن البشرِ المُلتفِّينَ حول جُثَّتِهِ مُشدُوهِينَ لِمَا حدث ، ووسط دموع وحزن زوجته وولده كان السؤال : هل كان يدركُ دكتور مسعد أنَّها النهاية ، سواءٌ أجرى العملية أم لا ، أم هل صدق حدسُهُ ؟

وهل حقًّا يشعرُ الإنسانُ بدنو أجله أم أنَّ كُلَّ هذا لا يعدو كون الأمر خوف مِنْ غموض المستقبل ، حتى، ولو تعلَّق الأمرُ بشيء تكرِّرُهُ يوميًا ؟

القصة السادسة

<u>" البديلُ "</u>

لم يدرِ أيّ واحدٍ منا ماذا يفعلُ إذا ما مات المَلِك ؟؛ وبالتالي لم ندرِ مَنْ فينا يصلحُ لدور المَلِك، ولو بشكلٍ مُؤقَّتٍ.

أُصيبَ مديرُ شركتنا بكسرٍ في قدمِهِ ؛ ومِنْ ثَمَّ قرَّر الأطباء منحَهُ إجازة لمدة شهر ، وسوف تحتاجُ خلاله الشركة لمَنْ يقوم بدوره ، ويسيّر الأعمال لحين عودته.

اجتمع بنا نائبُهُ ، وفاجئنا ، بأنَّهُ لن يستطيع القيام بذلك الدور لظروفٍ خاصَّة ، وأنَّ علينا نحنُ الثلاثة اختيار واحدًا منا ؛ لأداء تلك المهمة.

نظراتُ مِن الدهشة والحيرة دارتْ بين ثلاثتنا - نحن الأصدقاء الثلاثة - ، والذين التحقنا بالشركة في نفس الوقت ، ولا نُجيدُ العمل الإداري ، بل لا نُجيدُ سِوى تنفيذ التعليمات ، كلوحةِ مفاتيح صمَّاء ، ولا ندركُ سِوى مبدأ واحد : "عاش المَلِك... مات المَلِك".

لم يدرِ أيّ واحدٍ منا ماذا يفعلُ إذا ما مات المَلِك ؟؛ وبالتالي لم ندرِ مَنْ فينا يصلحُ لدور المَلِك، ولو بشكلٍ مُؤقَّتٍ.

لم نتزوَّجْ ، فضَّلنا حياة الحرية ، كلُّ واحدٍ منا قد بلغ الأربعينَ ، ولا يُجيدُ سِوى صرفَ مالِه على شتى أنواع الكيف - إن جاز لي التعبير- باستثناء "شادي"، والذي لم يكنْ يقيمُ أية علاقات نسائيَّة.

إذن ، فليكنْ "شادي" المُدِير المُؤقَّت ؛ فهو الأمثلُ ؛ إذْ إنَّهُ الأكثر تفرُّغًا.

بينما كنتُ أرتشفُ كوبًا مِن الشاي ، وأنتظرُ دوري في لعبة الطاولة ، استدعى "شادي" النادل؛ كي يُعدِّلَ له حجر "الأرجيلة" ، والتي يُفضِّلُ تدخينها ، علَّق "باسم" ساخرًا كعادته: "ما رأيك يا "شادى"، لو أعاد ضبطها لكَ كإعادة ظبط المصنع ؟".

كنتُ غارقًا في الأفكار التى تتداعَى ، بينما نثرَ "شادي" مبتسمًا بضع قطراتٍ مِن الماء في وجه "باسم" ؛ حتى يكفَّ عن هزله ، وعاد الصمتُ يطبقُ علينا رغم الضجيج مِنْ حولنا مِنْ: صخب الزبائن ، وعويل السيارات.

قرَّرتُ إلقاء حَجَرٍ في الماء الراكد ، وقلتُ :

"مَنْ منكما سيكونُ مديري الشهر الحالي ؛ لحينِ عودة أستاذ عبد البر ؟".

أجاب "باسم" مندفعًا بسخريةٍ :

-" ومَنْ يصلحُ سِوى "ميار" سكرتيرة المدير؛ للقيام بدوره ؟".

ابتسمنا بدورنا، بينما استطرد هو:

-"إنَّها أقربُنا للمدير، وخزينة أسراره ، وصدره الحنون ، وصاحبة أجمل ......".

قطع "شادي" استرسال "باسم" قائلًا:

" دعكَ مِن السخرية ، أعتقدُ أنَّكَ الأنسبُ لهذا الدور ؛ فأنتَ أكبرُنا سنًا ، وأقربُنا مِن ميار".

أجبتُهُ :

-" أهي مُزْحَة يا شادي ؟".

ردَّ بجديَّةٍ :

-" لا ، أنا أعلمُ مِنْ مصدر موثوق، أنَّكَ كنتَ شخصيًا وراء اختيارها لهذا المنصب".

اندهشتُ وأشرتُ إلى نفسي متسائلا :

-" أنا ؟!".

ردَّ "شادي":

-" أجلْ ، أنتَ يا ملاك ، يا ذا الأجنحة".

أجبتُهُ بجديَّةٍ :

-" شادي هل تمزحُ ؟ ، أنتَ تعلمُ أنَّ "ميار" كانتْ زميلة "هدى" شقيقتي فقط ، ولم يحدثْ بيني وبينها شيء أبدًا!!".

ردَّ "شادي" ساخرًا:

-"انظرْ يا "باسم" ، لقد احمَّرتْ أذنيه".

قال "باسم" :

- "لا تُخَفِّ يا "سراج" ، يا زِير النساء!!".

فأجبتُهُ مقهقهًا:

-" أنا زِير نساء، يا بير نساء!!".

ضحكنا أنا و"باسم"، بينما بدثْ ملامح الجدية على وجه "شادي" ، والذي قرَّر فجأة أنْ يتركنا ، ويذهب ، حاولنا إقناعه دون جدوى ، ولأوَّل مَرَّةٍ يتَرك حسابه، ويرحل دون وداع!!

مضتْ نحو ربع ساعة على رحيل "شادي"، فاستقلينا سيارة "باسم" ، وأخرج "باسم" سيجارتي حشيش مِنْ تابلوه سيارته ، وانحرفنا في شارع جانبي مُظلِم ، وأشعلنا السيجارتينِ ،وأدار "باسم" مذياع سيارته ، وأخذنا ندخِّنُ السجائر على موسيقى أغنية "عبد الحليم" "قارئة الفنجان"، و"باسم" يسخرُ قائلًا:

-"قارئة الحشيش أفضلُ!!".

دوَّى صوت هاتف "باسم" الخلوي ، لكنَّهُ لم يجب على الاتصال ، حتى أنهى سيجارته ، وحاول تجميع قواهُ ، لكنَّ رنين هاتفه عاود مرة أخرى صارخًا يطلبُ الإجابة

-"إنَّهُ شادي!!".

نطقَها "باسم" في غير اكتراثٍ ، لكنْ ما إن وضعَ الهاتف على أذنه ، وسمعَ صوت المتصل، حتى انتفض ذعرًا ؛ فلم يكن المتصل "شادي"، بل كان أحدُ المارة يتصلُ ؛ ليقولَ:

" الدوامُ لله ، صاحبُ الهاتف تعرَّض لحادث سير؛ ومات قبل وصوله للمستشفى ، و....".

لم نسمع ماذا قال بعد ذلك أو هكذا اعتقدنا.

أسرعنا بسيارة "باسم" حيثُ المستشفى ، ومِنْ هول المفاجأة بدا، وكأنَّ أثر سيجارة الحشيش قد زال ، وكأنَّنا في أكثر لحظات حياتنا استيعابًا.

أنهارٌ مِن الدموع ، وأسبوع حالك الظلمة مرَّ علينا ، نتقابلُ في الشركة ؛ لنعملَ كالحواسب الآليَّة ، ونتقابلُ بالمقهى ؛ لنتحدَّث عن "شادي" ، ونتذكَّرُهُ؛ فنبكي أو نضحك!!

بالأحرى تمتزجُ دموعُنا بأشباح ضحكاتٍ!!

قرَّرنا الانتظام في الصلاة ، ومحاولة ترك الحشيش ، وإحياء ذكرى "شادي" بالذكر، وقراءة القرآن ، لم يستمر الوضع طويلًا ، أسبوع آخر، وعدنا تدريجيًا ، بل إنَّ حزنَنا على "شادي" جعلنا نزيدُ مِن الجرعة.

ما يزالُ نائب المدير في إصراره على أنْ يكون أحدُ منا هو المُدِيرُ المُؤقَّت ، وما نزالُ أنا و"باسم" نتهرَّبُ مِن تلك المهمة.

تمرُّ الأيام سريعة، وإلا حين نتذكَّر "شادي" ، تكاد عجلتُها أنْ تتوقَّف ، بل تكاد تسمعُ صوت احتكاك عجلتها بالأرض ، وتناثر ترابها حولكَ .

يجلسُ كلانا على المقهى ، ولأوَّل مَرَّةٍ يجلسُ معنا أستاذ "محجوب" نائب المدير ، يشربُ فنجانًا مِن القهوة خالية السُّكر ، يحذِّرُنا مِن استهتارنا ، وينبِّهنا لضرورة الخروج مِنْ عباءة الأحزان ، وحتمية اختيار أيًّا منا للمهمة ، والتي قد تطولُ ؛ لتصبحَ شهرينِ بعد آخر تقرير طبي عن حالة المدير ، وأنَّهُ في حالة تقاعسنا عن قبول المهمة ستكونُ العواقب وخيمة ، حين عودة المدير ، وحذَّرنا قائلًا:

-"ولا تنسوا صلة قرابته برئيس مجلس الإدارة".

كعادتِنا في الشارع الجانبي المُظلم ندخِّنُ سجائر الحشيش أنا و"باسم" ، ولكنَّ هذه المرة ، وكأنَّنا نلعبُ "يوجا" ، ندخِّنُ دون أن نتبادل النكات ، أو تلاعب النميمة ألسنتنا ، أو حتى نتذكَّر "شادي" ، فقط ندخِّنُ ؛ للهروب!!

ولكنْ نلتقي في نقطةٍ نذوبُ فيها ، ونمتزجُ ؛ لنصبحَ شخصًا واحدًا أو شخْصًا ودخان سيجارة .

في اليوم التالي قرَّرتُ مقابلة نائب المدير مُنفردًا ، وتمَّ ذلك في المقهى ، لكنِّي تفاجأتُ بوجود "باسم" في نفس الموعد والمكان ، وهنا قال نائب المدير:

-"لقد اختار كُلُّ واحدٍ منكما مقابلتي مُنفردًا ، وفي نفس التوقيت ، وبالطبع ليخبرني بقبوله للمهمة ، ودونَ أن يدري الآخر".

حاولنا قطع حديثه ، وهو يستطردُ:

-"كنتُ أعتقدُ أنَّ صداقتكما أقوى ، ولكنَّ المبلغ المالي لتلك المهمة تضاعف ، والمهمةُ قد تكون دائمةً ؛ فلقد فقدَ مديرُنا القدرة على الحركة تمامًا!!".

هنا حاول "باسم" اعتراضه قائلًا :

-"سراجُ أفضلُ مني، و ...".

قاطعَهُ أستاذ "محجوب":

-"كُفَّ عن المثاليَّةِ المُزيَّفَةِ!!".

وقلتُ :

-"أنا طلبتُ مقابلتَكَ؛ لأقولَ إنَّ "باسم" هو الأفضل ، و ...".

قاطعَ أستاذ "محجوب" حديثي قائلًا :

-"لا أتمنَّى أنْ يكون مُديرِي القادم كذَّابًا ، وأنتما الآن في نظري كاذبَانِ ، كُفَّا عن المثاليَّة، وسيسافرُ كُلُّ واحدٍ منكما في مهمةٍ لفرعٍ مِن فروع الشركة: أحدكما في "الغردقة" ، والآخر في "أسوان" ، وحاولا أنْ تستقرَّا على رأي قبل فوات الأوان".

فرَّ كلانا لوجهته ، وفي داخل كلينا قرار أنَّ الآخر هو الأفضل ، وأنَّ وجود صديقه كمُديرٍ له يضمنُ عدة ضماناتٍ، ومنْها: التخلُّص مِنْ نائب المدير السمج.

بينما تعجُّ رأسي بالأفكار ، جاءتْني مكالمة مِنْ "ميار" السكرتيرة ،والتي تُؤَكِّدُ على أحقيتي بالمنصب ؛ نظرًا لكفاءتي بالعمل ، ولأنَّ "باسمًا" معروف عنه أنَّهُ زِير نساء ، و.....إلخ استمعتُ لحديثِها دونما اكتراثٍ ، وغفوتُ أمام التلفاز لدقائق ، أتاني خلالها ما يشبهُ الكابوس؛ إذْ شاهدتُ "شادي" يمسكُ سيفًا ، ويقطعُ رقابنا أنا و"باسم"!!

قمتُ فزعًا ممسكًا رقبتي ، كأنِّي أطمئنُّ نفسي، بأنَّها مازالت متواجدة .

مرَّ أسبوع على المهمة ، وأنا في طريق العودة حاولتُ التحدُّث لـ "باسم" ؛ لترتيب جلسة مسائيَّة ، لكنَّ هاتفه لم يجب، أكثر مِنْ عشر مرات؟!!

بداية الأمر ظننتُ الأمر طبيعيًا ثُمَّ ساورني القلق ، كررتُ الاتصال عدة مرات دون جدوى ثُمَّ انغلق الهاتف ، نظرتُ لساعتي ، وانتصف الليل، ولكنْ ماذا يمنعُني مِنْ زيارته ، لقد اشتقتُ إليه، ثُمَّ إنَّ كلينا أعزبُ.

رغم برودة الطقس قرَّرتُ الذهاب إلى "باسم" ، وقبل أنْ أدخل بنايته ، استقبلني الغفير بابتسامته البلهاء مناديًا باسمي:

-"أهلًا سراج بيه، كيف حالك ؟".

قبل أنْ أطمئنه على حالي ، سألتُهُ في جزعٍ عن حال "باسم" ، فقال :

-"أغلق شقتَهُ ، وسافر مع عروسه ؛ لقضاء شهر العسل ، -بارك الله له- ، والعقبى لكَ ، الوحدة صعبة".

وتعجَّب؛ إذْ كيف لا أعرفُ ؟!؛ وعروسُهُ أيضًا تعملُ معنا بالشركة، وقبلَ أنْ يكملَ ثرثرته ، قلتُ مُحدِّثًا نفسي:

-" اسمُها "ميار" سكرتيرة المدير القديم ، والبديل الحديث أو مديري الحديث!!".

بعد عودة العريس أو المُدِير للعمل ، كان أوَّل قراراته هو: نقلي لفرع "أسوان" ، ومع ترقيتي لدرجة مدير الفرع ، وماكان يُصبِّرُ قلبي شيء واحد، هو: أنَّ "أسوان" ما زال أهلُها يعيشون على الفطرة ، وأَنَّني لن أُعيِّنَ بالفرع مَنْ يحملُ اسم "باسم" ، وأنَّ سكرتيرتي لن تحملُ يومًا اسم "ميار"!!"

القصة السابعة

" ذاكرةُ السَّمَك"

الدموعُ تنهمر مِنْ عيناي ، وأنا أنظرُ على الجُثَّة الهامدة المُحاطَة بالأسلاك ، والتي تنتظرُ قضاء نحبها مِنْ خلف النافذة الزجاجيَّة. ولا أدري ، هل أشكرُهُ ؟؛ فلولاهُ ما كنتُ وصلتُ لِمَا وصلتُ إليه أم ألعنهُ ؛ بسبب ما عرفتُهُ ؟!

إذا كنتَ تعرفُ شهر أغسطس بالتأكيد ؛ فأنتَ تعرفُ أبي ، فكما يصفه الجميع: دمه حامي ، وتشعرُ أنَّ درجة حرارة دمِهِ ستحرقُ وجهكَ ، خاصَّةً إذا كنتَ سيءَ الحظ ، وتصادف ، ومررتَ مِنْ أمامه وقت غضبه.

أمَّا إذا كنتَ سببًا مِنْ أسباب غضبه ؛ فقد تمَّ إعلان حرب عَالَمِيَّة على حصونكَ ، والتي قاربتْ صلاحيتها على النفاد ؛ فالأمرُ محسوب ، وكأنَّ مباراة كُرة قدم بين البرازيل وفريق مغمور ؛ فبكُلِّ تأكيد سترجِّحُ كفة البرازيل!!

ورغم كوني ذكَرُهُ الوحيد ، بل ، والابن الاصغر بعد خمس شقيقاتٍ لم يُغيِّرْ ذلك مِن الأمر شيئًا ، ولم يُميِّزني بين شقيقاتي ، بل زاد مِنْ بؤسي وشقائي ؛ فأبي بنظراته يراني مُقصِّرًا وطفلًا ، منذ كنتُ في الخامسة مِنْ عمري ، ولازلتُ أتذكَّر ، كيف كان يُختار لي ملابس تكبِّرُ سني ، ويفرضُ نوعًا مِن القراءة قد لا تناسبني عمرًا.

لكنَّ مُجرَّد إقراره لذلك يُعَدُّ نبراسًا وحكمًا واجب النفاذ لا محالة ، وليت الأمرَ توقَّف عند هذا الحد حينها، كنتَ ستقولُ: إنَّ حكايتي مُكرَّرة ، ورُبَّمَا يصيبُكَ منها الملل ، أنا ما زاد الطين بلاء: أنَّهُ مع تقدُّم عمري بدأت تدخُّلات أبي تتفاقم ؛ وتأخذ منحنى أخطر ؛ فلم يكتفِ بفرض سيطرته وهيمنته في اختيار أصدقائي وزملائي ، بعدَ كشفٍ يشبهُ كشف الهيئة في الكليات العسكريَّة!!

لكنَّ الأخطر هو: مستقبلي ، وكيف نلتُ كُلَّ أنواع العقاب ، لمُجرَّد طرحي فكرة الالتحاق بالشعبة الأدبيَّة، وأمنيتي في أن أصبح صحفيًا.

انفجر بركانُهُ في وجهي ؛ وألقى بحممِهِ الملتهبة ، وبدا الأمر ، وكأنَّها نهاية العَالَم!! ، حتى أنَّ بعض أزواج شقيقاتي حاولوا مدَّ جسر التفاهم ، وتقريب وجهات النظر دون جدوى.

وحين حاولتُ الانتحار؛ بسبب تلك الواقعة ، وتمَّ نقلي للمستشفى على إثر تلك المحاولة الفاشلة ، ولم يُحرِّك أبي ساكنًا ، وعقب خروجي لم ينبس ببنت شفة ، فقط بعد مرور عدة أيام نطق قائلًا:

"لقد تركتُ لكَ حرية الاختيار بين شعبة علمي علوم، وعلمي رياضيات".

مرَّت المرحلة الثانوية ثقيلة رتيبة ، لكنّي رغم ذلك تفوَّقتُ والتحقتُ بكلية الهندسة.

ويومها ابتسم في وجهي للمرة الأولى منذُ عامين ابتسامة باهتة كومضة خاطفة ما لبثتْ إن تلاشتْ سريعًا، وبعَد زواج آخر وأصغر شقيقاتي ، وفي حفل زفافها سقطتُ أمّي ، وفارقت الحياة!!

وكانت المرة الأولى التي أرى فيها دموع أبي في مقلتيه ، لكنَّها كالعادة دموع خاطفة ، مُجرَّد تأثُّر سريع، موقف ما يلبث أن ينتهي ، وسرعان ما يعودُ لجموده وموقفه.

وبينما أنا في الفرقة الثالثة مِنْ دراستي ، تعرَّفتُ على "نيرمين"، بنت مثالية بالفرقة الأولى ، منذُ وقعتْ عيناي عليها ، وقد نزعتْ قلبي مِنْ صدري، وأصبحتُ كالمسحور بها ؛ مِمَّا أكسبني شجاعة مفاتحته في أمر ارتباطي بها ، ولكنَّ ردَّهُ كان قاطعًا بالرفض ، وأنَّني إذا كنتُ بحاجةٍ لزوجةٍ ؛ فـ "رقية" ابنة خالتكَ هي الأولى ، كما كانتْ أمُّكَ تتمنَّى ، وأنا أباركُ زواجكَ منها ، واستطردُ :

-"سأتَّصلُ بشقيقتكَ الكبرى ، ونذهبُ لطلبِ يدها مِنْ أبيها يوم ....".

لم أستطع تمالك نفسي ؛ وأندفعتُ للمرة الأولى معارضًا:

-"آسف يا أبي، لن أتزوَّجها!!".

ردَّ بعنفٍ يشوبهُ المفاجأة:

-"هل تعصاني ؟!".

قلتُ:

-"أبي رجاءً ، اتركْ لي حرية اختيار شريكة حياتي".

نظر لي بغضب وتركني ، ودلف لغرفته ، وأغلق بابه ، ولمُدَّة أسبوع لم نتبادل أية أحاديث ؛ فأنا ألقي السلام ، وهو لا يردُّ ، حتى محاولات شقيقاتي للصلح باءت بالفشل ، بل ، وقرَّر عدم رغبته في رؤية إحداهن ، ووصفَني بالعاصي والعاق!!

ظلَّ الأمرُ مُعلَّقًا ، فكُلَّما فاتحتْني "نيرمين"، أتهرَّب ، حتى تمالكتُ نفسي ، وقصصتُ عليها قصة حياتي ، وشرحتُ لها صعوبة موقفي الحالي بين حُبّي الشديد لها ، ورغبتي في أنْ يجمع الله بيننا وبين غضب أبي ، وموقفه ، ومحاولتي إقناعه ،وتدريجيًا خفتتْ أضواء العلاقة المبهرة بيني وبين "نيرمين" إحساسها وكبريائها ، كأنثى يأبى أن تتزوَّج مِنْ رجلٍ يرفضُها أبوه دون أنْ يراها.

تسرَّب المللُ للعلاقة ، وقبل تخرُّجي بأسبوع علمتُ مِنْ صديقة مُقرَّبة أنَّ "نيرمين" كُتِبَ كتابُها ؛ وتمَّ زواجُها ، وأنَّ المسرحية أُسدِلَ ستارُها.

لا أخفي سرًا ، عشتُ فترة هي الأصعبُ بعد وفاة أمي ؛ فليس هناك أمرٌ يدعو للفرح ، حتى تعييني بالجامعة لم يعدْ إلَّا ألمًا فوق الألم!!

ويا للعجب أنْ يكون مكانُ عملك الذي أحببتُهُ ، وكان شاهدًا على أجمل ذكريات ، هو نفس المكان الذي تريدُ التخلُّص مِنْ وجودك فيه!!

لم يباركْ أبي تخرُّجي ؛ ولم يهنئني ، وكانتْ نظراته الصامتة نحوي مزيجًا غريبًا مِن الشعور بالندم مِنْ فعلتِهِ نحوي ، والفخر أنَّني فضَّلتُ ألَّا أعصيه.

مرَّت الأعوام ، وساءت صحة أبي ، ونال الشيبُ منه رغم محاولاته إظهار أنَّه بنفس قوته القديمة ، وحصلتُ على الماجستير ، ووُفِّقتُ في الحصول على منحةٍ ؛ لدراسة الدكتوراة في ألمانيا ؛ وهنا قرَّر أبي استكمال تدخُّله ، وقرَّر مقاطعتي ، إذا لم أتزوَّجْ مِنْ "رقية"، وأصطحبها معي.

كاد الأمرُ يتطَوَّرُ بيننا ؛ مِمَّا دفع شقيقتي الصغرى ، وهي طبيبة وقريبة مِنْ "رقية"، بأنْ تعترف لي ، بأنَّ "رقية" في حياتها شخص آخر ، وسيتقدَّمُ قريبًا لِخِطبتِها.

صرخ أبي فيها مطالبًا إيّاها أنْ تكُفَّ مُرِدِّدًا :

-"لابُدَّ مِنْ تنفيذ وصية أمكِ!!".

قالتْ شقيقتي :

-"وماذا لو رفضتْ "رقية" يا أبي؟".

قال أبي :

-"الرأي لأبيها ، وأنا مُتأكِّدٌ مِنْ موافقته".

واستطرد :

-"كفُّوا عن هذا الهراء!!".

الوقت يمُرُّ ، ولازال الوضع كما هو عليه ؛ فأبي يرفضُ رحيلي دون زواجي مِنْ "رقية" ، وأبوها يرحِّبُ ، ويفضِّلُني على حُبِّ عمرها ، وتشابكت الخيوطُ بشدةٍ ، وزاد الأمرُ تعقيدًا.

وكالعادةِ استطاع أبي فرض سطوته ، وهذه المرة بمساعدة زوج خالتي ؛ وتمَّت الزيجة ، وسافرتُ دون أن أودِّع أبي ، واصطحبتُ "رقية" كما شاء ، ومرَّت الأيام والأسابيع ، بل ، والشهور، ولا تزال "رقية" امرأة عذراء ؛ فهي زوجتي على الأوراق فحسب ؛ فلم نقم أي مظهرٍ مِنْ مظاهر الزواج ، ولم تنشأ بيننا علاقة حميمَّة طيلة عام ونصف !!؟

وللمرة الأولى بعد سفري أستطيع تمييز الحزن في صوت شقيقتي الكبرى ، حين طالبتْني بسرعةٍ العودة؛ فرُبَّما لا يسعفُني الوقت ؛ لإلقاء نظرة الوداع على أبي ، لا أخفيكم سرًا سرتْ قشعريرة غريبة في جسدي، وسالتْ دموع عيني ، وعدتُ لمصر، وما يشغلُ بالي فقط ، هل أستحقُّ ما يفعلُهُ أبي بي ؟

وصلتُ المستشفى ؛ لأجدَ أبي في العنايةِ المُركَّزةِ أسير الصمت ، إلَّا مِنْ صوت للأجهزة ، ومُحاط بالأسلاك كبيت عنكبوت ، احتضنتُ شقيقاتي ، وسالتْ ، بل، وانجرفتْ دموعي، حين رأيتُ الطبيبَ ، وتحدَّثتُ إليه، وقال لي بوضوح:

-"إنَّها ساعاته الأخيرة، ولكنْ هناك ورقة مكتوبة تخُصُّني، تركها أبي مع طبيبه ، والذي أعطاني إيَّاها بدوره، ورحل عني تاركًا إيَّاي بغرفته.

وجاء فيها: إنِّي لستُ ابنه البيولوجي!!، لكنَّ "أمنية" زوجتي وأمنيتي في أنْ يكون لبناتِنا شقيق ذكر، جعلتنا نحتضنُكَ ، وقد أرضعتُكَ زوجتي رضعات مُشبِعَة ؛ حتى لا تكون هناك مشكلة في إقامتكَ، وشقيقاتكَ وأزواجهن يعلمون تلك القصة كاملة ، لم أُكرهكَ يومًا ، ولم أقصدْ أذيتك ، وإصراري على زواجكَ مِنْ "رقية" ، كان فقط مِنْ أجل أنْ تصبح ذا صلة ممتدة بالعائلة ، والتي لعبتْ دورًا في انتشالكَ لدنيا وحياة أفضل.

حين تقرأُ تلك السطور سينكشفُ آخر أسراري لكَ: أنا مريض بسرطان الدم منذ سنوات ، ولعلَّ ما كان يسبِّبُ لي سعادة دائمًا : أنَّكَ كنتَ تُفضِّلُني ، حتى على سعادتك الشخصيَّة ، قد تعتبرُني نرجسيًا ، أو مجنونًا، أو ساديًا ، لا يهمُّ الآن ؛ فأنا بين يدي أعدل الناس ، ولا أتمنَّى لكَ يا ولدي إلَّا السعادة".
الإمضاء: والدُكَ.

خرجتُ ممسكًا بالورقة ، أكادُ أعتصرُها كما يعتصر الألم قلبي. أنظرُ نحو شقيقاتي ، وكأنَّي أراهم للمرة الأولى!! الدموعُ تنهمر مِنْ عيناي ، وأنا أنظرُ على الجُثَّة الهامدة المُحاطَة بالأسلاك ، والتي تنتظرُ قضاء ربها مِنْ خلف النافذة الزجاجيَّة. ولا أدري ، هل أشكرُهُ ؟؛ فلولاهُ ما كنتُ وصلتُ لِمَا وصلتُ إليه أم ألعنُهُ ؛ بسبب ما عرفتُهُ ؟! ودون أن ألفت نظري للخلف ، خرجتُ مِن المستشفى مسرعًا.

وبينما أنا خارج حدود تركيزي ، صدمتْني سيارة مُسرِعَة ؛ وفقدتُ الذاكرة ، كما قال الأطباء لشقيقاتي ، لكنَّني لا أعرفُ لماذا لازلتُ أتذكَّر تلك التفاصيل التي قصصتُها عليكَ؟!!

القصة الثامنة
"في لوحةٌ ما"
"أمسِ لن يموت أبدًا!!!".

يتفاخرُ "علوي" دائمًا بقدرات ابنه " رامي" الفنيَّة ، وإجادته للرسم منذُ نعومة أظافره ، وكما يردِّدُ "علوي" لزملاء مكتبه:

-"رامي هو دافنشي العصر القادم!!".

"رامي" في عيد ميلاده الثامن يتحوَّلُ حاله مِنْ طفل جميل نشيط مفعم بالحيوية ، لطفلٍ ذابلٍ كأشجار الخريف ؛ مِمَّا أصاب "علوي" ووالدته بحالةٍ مِن الحزن والاكتئاب ؛ إثر تعرُّضه لتلك الإغماءات المُتكرِّرة ، والتي عجزَ الأطباءُ عن فهم سببِها مِن الناحيةِ البيولوجيَّةِ تمامًا ، وبدا أنَّ سببَها شيء مجهول على الأقلِّ لبَني البشر .

وبعدَ أنْ فاض الكيلُ بـ " علوي" وزوجته إزاء رؤيتِهما لابنِهما الوحيد وفلذة كبدهم يتبدَّلُ به الحال ، ويكادُ يضيع مِنْ بين أيديهما ، وهُمَا عاجزَانِ كُلَّ العجز عن تقديم يد العون له بأي شكلٍ مِن الأشكال!!

واقترح "منصور" شقيق "علوي" أنْ يصطحب "علوي" "رامي" وزوجته ، ويذهبون؛ لقضاء بعض الأيام بعزبة والدهما بالمنصورة ؛ لعلَّ تغيير المناخ العام يؤثِّر على جميعهم للأفضل ، وبالأخصِّ "رامي".

استحسن "علوي" الفكرة ، وذهبَ بصحبة زوجته و"رامي" للعزبة ، وقبلَ مدخل العزبة بكيلو متر تقريبًا أوقف "علوي" سيارته قُرْبَ المقابر ، ووقفَ يدعو ويقرأ الفاتحة على روح والده ووالدته.

وفجأةً انخلع قلبُ "علوي"، حينَ رأى ذلك العجوز بالمقابر ، خاصَّةً حينما اقترب منه بشدةٍ قائلًا:
"أمسِ لن يموت أبدًا!!!".

ثُمَّ تلاشى عن عيونه ، وكأنَّهُ لم يكنْ موجودًا ؟!!

أسرع "علوي" نحو سيارته ؛ ليجدَ "رامى" يطلبُ مِنْ أمه أقلامًا وورقةً لأوَّلِ مَرَّةٍ منذُ سقوطه بعيد ميلاده ، فصاحت الأمُّ فرحًا في زوجها ، وما إنْ وصلوا العزبة ، حتى صاح "علوي" في أحد العاملينَ بضرورة الإتيان بأوراق وأقلام ، وعلى الفور أحضروا طلبات "علوي" ، والذى أعطاها بدورِهِ لولدِهِ فرحًا ، وهو يتناسى أو يحاول تناسِي ما حدث بالمقابر مِنْ ذلك العجوز.

ولفت نظر "علوي" وزوجته عدم نظافة البيت ، وكان الخدمُ لم يكونوا على علم بوصولهم. وأثناء تناولهِما للعشاء ، وبينما "رامي" في غرفة مجاورة ممسكًا بأقلامه وورقه ، ومُمارسًا هوايتَهُ ، والتى عادتْ له بمُجرَّد وصوله للعزبة ، وكأنَّ طاقة خفية دبَّتْ فيه بغتةً.

وفي تلك الأثناء قام "علوى" بالنداء على كبير خدم العزبة ، وتوبيخه على عدم نظافة البيت، وعدم الاستعداد الجيد لاستقبالهم ، رغم تأكيد "منصور" شقيقه له على إبلاغهم بوصوله.

وأقسمَ كبير الخدم على عدم تلقيه اتصالًا مِنْ "منصور" ؛ مِمَّا دفعَ "علوي" للاتصال بـ "منصور". والذي أكَّدَ حديث كلام كبير الخدم، بل أقسمَ لـ "علوي"، بأنَّهُ لم يحدِّثْهُ مِن الأساس ، ولم يطلب منه المجئ للعزبة ، وهنا انتبه الجميع لصوت الصرخة المُنبعَثَة مِنْ غرفة "رامي"؛ يهرولُ الجميع نحو غرفتِهِ ؛ ليجدَوا الغرفة خاوية تمامًا ؟!!

وكان الولدُ قد تلاشى تمامًا ، وتاركًا خلفه لوحة مرسوم فيها ثلاثة أشخاص يعرفُهم "علوي" فقط جيدًا ؛ فلقد قتلَهم بسيارته منذ (١٥) عامًا ، وتركَهم عرض الطريق، ودون معرفة ما حدثَ لهم ، لم يغيبوا عن عقله لحظة.

ولكنْ لم يتخيَّل أنْ تكون النهاية انتقام أشباحهم مِنْ ولدِهِ ، خاصَّةً بعدَ أنْ رأى صورة أخرى تركَها "رامي" لثلاثتِهم أمام تورتة عيد ميلاد مكتوب عليها رقم(١٥).

وحين نظر "علوي" لتاريخ اليوم ، وتذكَّر تطابقَهُ مع تاريخ الحادث ؛ سقطَ مَغشِيًّا عليه ، ولم تنجحْ كلُّ محاولات إفاقتِهِ ؛ فلقد فارق الحياة!!

واختفى ابنَهُ تاركينِ زوجته بمستشفى الأمراض النفسيَّة ، وكُلَّما ذهبَ "منصور" لزيارتها، وجدَها تقسِمُ أنَّ "رامي" يزورُها ليلًا ، ولا يراهُ سِواها ، وأنَّ الأطباءَ يعتقدُون أنَّها مجذوبة، كُلَّما قالتْ لهم ذلك ، إلَّا أن جاء اليوم، ووعدَها "رامي" باصطحابها مع والده ، فوافقتْ على الفور.

وحينَ جاء ميعاد زيارة "منصور" ، لم يجِدُوها بالغرفة ؟!!
ووجدُوا لوحةً يعرفُ "منصور" الموجُودِينَ بها ؛ فهُمْ شقيقه، وولده "رامي"، بالإضافة لزوجته!!

القصة التاسعة
"وقعٌ غامضٌ"

"في باديء الأمر، ظنَّ كلاهما ، أنَّها مُزحَة مِن الآخر أو نوع مِن المَقالِب ، والتي اعتاد كُلُّ واحدٍ منها على تنفيذها في الآخر".

كُلَّمَا تركا منزلهما ، وعادا إليه ، ولو بعدَ نزهة قصيرة ، يشعرُ كلاهما بتغيُّراتٍ تحدثُ في تلك الشقة.

أحيانا يحدثُ أَنْ تتغيَّر مواضع بعض الأشياء ، وتارةً أخرى اختفاء بعض الأغراض الشخصيَّة لأحدهما أو لكليهما دون سابق إنذار!! ، وأحيانًا أخرى تختفي تلك الأشياء بشكلٍ مُؤقَّتٍ ، وتعاود الظهور ثانية !!

في باديء الأمر، ظنَّ كلاهما ، أنَّها مُزحَة مِن الآخر أو نوع مِن المَقَالِب ، والتي اعتاد كُلُّ واحدٍ منهما على تنفيذها في الآخر.

فمنذُ أن استأجرا تلك الشقة بالسَّنَة الأولى لهما بالجامعة ، وحتى بعدَ تخرُّجهما ؛ والتحاقهما بالعمل والحياة العمليَّة ، لم يمنعْهما العمل مِنْ بعض المَقَالِب والضحكات التي تزيلُ هموم وشقاء العمل ، ولو للحظات قليلة.

لم يخرِجْهما عن صمتهما المُطبَق وشكوكها المستمرة ، إلَّا ما حدث تلك الليلة التي نسي فيها "سامر" جوَّالَهُ ، وطلبَ مِنْ "ياسر" انتظاره ، لحين جلبِ جوَّالِهِ، فصعدَ درجات السُّلَّم مُسرِعًا، وأخرج مفتاح الشقة مِنْ جيب سترته ، وحاول مرارًا وتكرارًا فتح باب الشقة دون جدوى !!
وحتى بعدَ أن استجاب الباب ، وبدأ يتحرَّكُ ، أحسَّ "سامر" أنَّ هناك قُوَّةً خفيَّةً تدفعُ الباب بشكل عكسي ، وكأنَّها ترفض فتحَهُ ، تملَّكتْهُ الشجاعة ؛ وقاوم ؛ واستطاع فتح الباب ، ودلف للشقةِ ، وفجأةً وجدَ "سامر" هاتفَهُ في جيب سترته ، وبدا له الأمرُ مريبًا!!

فغَرَ فوهُ كالأبلهِ مُتعجّبًا ، وتملَّكَهُ قلقٌ شديد ، وتسرَّب الخوفُ لخلاياه بشكلٍ مُتصَاعِد ، وحاول أنْ ينطلقَ مُسرعًا خارجَ الشقة ؛ ليجدَ البابَ أُغْلِقَ مِن الخارج !! ، وكأنَّ هناك مَنْ يريدُهُ سجينًا داخل الشقة ، ولم تنجحْ محاولاتُهُ في الخروجِ مِن الشقة ، وكذلك نفذتْ بطارية هاتفه ، ولم يستطع الاتصال بـ"ياسر" صديقه ؛ لينقذَهُ مِنْ ذلك المجهول ، والذي لا يدري كنهه.

أمَّا "ياسر" ، فلقد ساورَهُ القلقُ مِنْ تأخر "سامر" الزائد، وهاتفه المُغْلَق ؛ فأوقفَ مُحرِّك سيارته ، وصعدَ درجات السُّلّم مُسرعًا نحو شقتها ؛ ليجدَ البابَ ينزفُ دَمًا مِنْ موضع إدخال المفتاح به ، وكأنَّ ملايين الأوردة والشرايين تمزَّقَتْ في آنٍ واحدٍ!!

لثوانٍ يقفُ "ياسر" عاجزًا عن الحراك ؛ لا يعرفُ مصير صديقه بالداخل ؛ ويخشي مصيره هو الآخر ، لو أقدمَ على دخول الشقة دون فَهْم ، أو وعي ، أو إدراك لِمَا يحدث.

لكنَّ فطرة الصديق المُخلِص الوفِّي تغلَّبتْ على خوفه ؛ وأمسكَ المفتاح الغارق بالدماء ، وقبلَ أنْ يديرَهُ بالقفل ، انفتح البابُ ؛ ليقفَ "ياسر" مُصَابًا بالهلع؛ لرؤيته صديقه ، وقد التصق بالحائط ، كأنَّهُ جزءٌ مِنْهُ ، والدماءُ تحيط به ، وترتسمُ على وجهه أقصى إمارات الهلع والفزع!!

فجأةً أُغْلِقَ البابُ خلفَهُ ، ووجدَ "ياسر" نفسَهُ سجينًا ، وأمامَهُ جُثَّة صديقه المُلتصِقَة بالحائط ، والدماءُ تسيلُ منها بلا انقطاعٍ ، وبدون توقُّف ، كأنَّها نهرُ في موسم فيضه!!

يزدردُ "ياسر" لعابَهُ بصعوبةٍ ، يفرزُ جسدَهُ "أدرينالين" بشكلٍ مُتواصِلٍ ، ولا يعرفُ ماذا يفعل ؟!

لقد فقد حتى قدرتهِ على النطق أو الصراخ ، بل لم يستطع حتى البكاء مِنْ شدة وهول ما رآه بأُمِّ عينيه.

يندفعُ نحو البابِ ، بحركةٍ غريزيَّةٍ يطرقُ بقُوَّةٍ على الباب دون جدوى!!

امتلأتْ يداهُ بالدماء ، وأُنْهِكَتْ قُوَاهُ ؛ وسقطَ أرضًا ؛ ليستيقظَ على صوت "سامر" مُداعِبًا إيَّاهُ كعادة كُلَّ خميس:

"تعدُني بالخروج ثُمَّ تنامُ أمام التلفاز!!".

وفي يوم العطلة نسي "سامر" هاتفه المحمول أثناء توجُّهِهِما ؛ للتنزُّهِ.

وأسرعَ لإحضارِهِ ، ولكنَّ هذه المرة أدار "ياسر" مُحرِّكَ السيارة ، ولم ينتظِرْهُ ، وحين أحضرَ "سامر" هاتفَهُ ، ونزل ، لم يجد "ياسر"، ووجدَ تجمُّعًا مِن الناس حول سيارة تشبِهُ سيارة صديقه ، بل هي سيارتُهُ.

انزعجَ مِن المشهَدِ ؛ وساورَهُ القلقُ ؛ فانطلقَ مُسرعًا ؛ ليجدَ "ياسر" غارقًا في دمائه ، وفي يديه نسختُهُ مِنْ مفتاح الشقة ، والدماءُ تسيلُ منها بلا انقطاع !!

تمت

2022/8/11م.

الختام

انتبهْ يا عزيزي!! ؛ وكُفَّ عن البحث في الحقائق المُجرَّدة؛ فدائمًا هناك مَنْ يحرِّك الأحداث مِنْ خلف الكواليس ، وحينها فقط ستتأكَّدُ أنَّ الموتَ قد يصلُكَ يومًا ديليفيري ، ولن يكون هذا عليك بواقع غامضٍ؛ فما تراهُ حينها في لوحةٍ ما ، قد يجعلُكَ تخرجُ زغرودة ؛ مِنْ شدةٍ ما انكشف أمامَكَ مِنْ سُوء النوايا ، وستتعرَّفُ على الفارق الجوهري بين الأصل والبديل. ولا تقلْ: "باب النَّجَّار كان مخلَّعًا" ؛ فرُبَّمَا فقط كانتْ ذاكرتُكَ ذاكرة السمك ؛ لكونكَ مِنْ مواليد (29/2).

الفهرس